池袋ウエストゲートパーク5

反自殺俱樂部

ISHIDA IRA
石田衣良

林佩儀——譯

〔導讀〕石田衣良的世界

新井一二三

一九九七年，石田衣良以《池袋西口公園》登上日本文壇，並獲得了該年的「ＡＬＬ讀物推理小說新人獎」。至今七年（二〇〇五），作者以及作品的發展都相當可觀。石田不停地發表多部短篇、長篇作品，二〇〇三年以《4 TEEN》一書贏得了第一二九屆直木獎，乃日本最有權威的大眾小說獎；有目共睹，他是當前在日本最活躍的作家之一。至於作品，《池袋西口公園》不僅化身為漫畫、電視劇、暢銷ＤＶＤ，而且發展成系列小說，已經有四本書問世，第五部也在雜誌上發表過了。

石田衣良於一九六〇年三月二十八日在東京江戶川區出生，從小喜歡看書，學生時代每年看一千本書，也就是每天平均二點七本；從成蹊大學經濟學系畢業以後，任職於廣告公司，跟著成為獨立文案家；《池袋西口公園》是他發表的第一部小說。

有一次訪問中，石田說，三十七歲那年忽然開始寫小說，是受了女性雜誌《CREA》刊登的星座算命的影響。一決定要做小說家，他採取的步伐非常具體、現實：調查好各文學新人獎的投稿規定和截稿日期，並且開始埋頭寫作。

雖然最初以推理作品獲得了獎賞，但是從一開始，他就寫各類不同性質的小說；除了「ＡＬＬ讀物推理小說新人獎」以外，「日本恐怖文學大獎」和以純文學作品為對象的「朝日文學新人獎」等，石田全去投稿，而在每個地方都引起了審查人的注意。

直木獎作品《4 TEEN》是關於四個初中生的故事；他寫的戀愛小說很受女性讀者的歡迎；以金融界為背景的小說拍成了電視劇。石田衣良的作品世界真是五花八門。

日本小說家，《文藝春秋》創辦人菊池寬曾經說：純文學和大眾文學的區別在於，前者是作家為自己寫的，後者則是為別人寫的。從這角度來看，石田衣良可以說是天生的大眾文學作家。什麼形式的小說，他都會寫，同時能夠保持自己一貫的風格。

《池袋西口公園》本來是一部短篇小說，乃池袋西口水果店的兒子，十九歲的真島誠與當地夥伴們做業餘偵探的故事。

日文原名《池袋（IKEBUKURO）WEST GATE PARK》起得非常巧妙，特有喚起力。在東京人的印象中，池袋一貫是很土氣的三流繁華區；沒有銀座的高貴、六本木的洋氣、澀谷的時髦、新宿的次文化；連地標六十層高的陽光城大樓也蓋在巢鴨監獄舊址上，也就是第二次世界大戰後，日本戰犯被關押處刑的場所，自然不會有歡樂的聯想。但是，一改用英語把西口公園說成「WEST GATE PARK」，簡直忽而出現了全新的年輕人活動區一般，特會刺激讀者的好奇心。

那形象，實際上是作者的創造。他在訪問中說：其實對池袋並不熟悉，只是曾在上下班路上經過的地點而已；作品中，對西口一帶風化店的描寫很詳細，但也並沒有實地採訪過。如果是真的，他想像力之豐富真令人為之咋舌。不過，他也承認，去哪兒都隨身帶有照相機，看到什麼都記錄下來。

一九九〇年代以後，日本經濟長期不景氣，很多青年看不到希望，過著無為的日子。真島誠和他的夥伴們，就是這麼一種年輕人。他母親開的那種水果店，也是東京人都很熟悉的，主要生意是騙醉鬼的錢。高中畢業就不上學、不上班的真島誠，從主流社會來看是個小流氓，理應缺乏正統、健全的倫理觀念。然而，一面對夥伴們或社區的危機，他卻表現得非常精明、勇敢，甚至像個英雄——雖然是三流繁華區的。

《池袋西口公園》最大的魅力，是作者以寬容、溫暖的文筆描寫著這批年輕人。作品中，幾乎沒有一個人是健康、幸福的。家庭暴力、校內暴力、神經失調、援交、亂倫、嗜毒、賣淫、非法外勞、不孕症……大家都有過不可告人的悲慘經歷、精神創傷。他們之間的來往，當初只有兩種：要麼是同病相憐，或者是徹底對抗。但是，隨著小說系列化，真島誠他們幫助的對象也開始包括老年人、殘障人士、小孩子等等的社會弱者。故事一方面保持著青年黑暗小說的架構，另一方面獲得社會、人情小說的味道。石田衣良的手藝真不簡單。

他說：二十多歲時候，曾經有一段時間情緒低落，把自己關在房間裡長期沒出來；後來經過自我訓練，逐漸對社會適應了。我們從他作品看得出來，因為有過痛苦的經歷，他是特會理解別人之苦楚的。

一九八〇年代，日本社會進入後現代階段。純文學等傳統文藝形式對年輕一代人不再有大影響力了。反之，漫畫、卡通、電腦遊戲等成為年輕人共同的文化經驗。在文學領域，內容、情節類似於漫畫的「公仔（characte）小說」流行於年輕男女圈子；其特點是，讀者認同於登場人物，像網絡遊戲一般地投入於故事發展中。

雖然石田衣良是擁有多數大人讀者的傳統小說家，但是他的代表作《池袋西口公園》對年輕人的影響之大，倒彷彿「公仔小說」。他們以英文短稱「IWGP」言及作品；認同於真島誠、安藤崇、齊藤（猴子）富士男、森永和範、水野俊司等主要登場人物之一；從電視劇到漫畫到小說，跨媒體地享受作品。

《動物化的後現代》的作者，一九七一年出生的哲學家、評論家東浩紀指出：「公仔小說」擁有資料庫形式，像某些卡通片一般，登場人物可以無限增大，情節也可以永遠發達，但是始終在一個關閉的故事空間裡。作為大都會青春推理小說出發的「IWGP」系列，似乎在走這一條路。

例如，石田衣良的另一部小說《紅．黑》的別名是「池袋西口公園外傳」。在池袋發生的賭場利潤搶奪案小說，不是由真島誠講述的，而牽涉到他老同學，缺左手無名指頭的黑社會成員齊藤（猴子）富士男。作者說，因為他想多寫點猴子，一時離開《池袋西口公園》而另寫了《紅．黑》，但始終在「IWGP」世界裡。

石田衣良寫的小說，除了「IWGP」之外，《4 TEEN》也以月島為背景，用巧妙的文筆寫下了現代東京的都市景觀。這一點非常有趣。因為他說，曾看過的幾萬本書當中，對他印象最深刻的日本小說家是永井荷風和川端康成。眾所周知：荷風是酷愛東京的老一代文人，尤其對江戶遺風愛得要死。川端也有一段時間熱心地描寫過淺草——當年東京最繁華的鬧區。

總之，關於石田衣良作品，我們可以從好多不同的角度討論下去。不過，他畢竟剛出道不久，年紀也不很大（常帶韓國明星般的笑容出現於各媒體），今後會發表好多作品；目前下任何結論都太早了。無論如何，對這一代日本年輕人來說，「IWGP」無疑成為他們永遠不會忘記的青春插話了。看完了這本書，我相信你也一定會同意。

二〇〇四年八月十日

於東京國立

〔導讀〕作家貴公子

曾志成

作家如果也有階層，石田衣良顯然屬於「作家貴公子」這一階層。貓般的男人，是我對石田衣良的第一印象，石田氏招牌瞇瞇眼以及溫文儒雅表情，不知迷死了多少日本讀者。連最近超人氣年輕實力派男優妻夫木聰都跳出來說自己是石田粉絲，可見石田衣良小說風靡已成為文學界年度流行話題。

三十七歲那年，石田衣良意外獲得《ＡＬＬ讀物推理小說新人賞》副賞（ＡＬＬ讀物：文藝春秋出版社發行的文藝誌。ＡＬＬ讀物推理小說新人賞：該雜誌推理小說部門的公募新人賞），應募代表作《池袋西口公園》（池袋ウエストゲートパーク）一舉成名，該作品被改編成電視劇後，石田衣良開始走紅日本文壇。該賞獎金五十萬日圓，全葬在一次搬家費用。

石田衣良生於東京下町江戶川區，身體流淌著不安定血液，離家獨居以來，曾在橫濱、二子玉川、月島、町屋、神樂坂、目白等地多處遷徙，樂此不疲。石田衣良的作品中充滿了東京某町的特殊情懷，即使不是出生之地，在他居住一段期間後，町所屬的氣味自然融入，成為作家的血肉。石田衣良帶著**NIKON F80**相機恣意捕捉各町樣貌，池袋與秋葉原便在隨機狀態下被收入文字之中，發展成看似獨立、實則相連的「池袋西口公園系列」。

以真實街景為小說舞台，描繪青少年主人公變異的成長；青春期的苦澀空洞，一直是石田衣良關注的焦點。二〇〇一年出版的《娼年》，石田衣良便透露：「要是誰說自己二十歲時活得非常快樂，這種人的話絕不可信！」

活在青春陰影之中，石田衣良從成蹊大學經濟學部畢業後，患有輕微對人恐懼症，放棄投靠朝九晚五上班族行列。二十五歲以前的石田衣良玩過股票，幹過地下鐵工事、倉庫工人、保全人員、家庭教師，全憑自我意志；三十歲後正式進入廣告界就職，結束青春放浪生活，成為一名靠寫字維生的廣告文案。

寫字工作輕而易舉，獨立門戶後石田衣良搖身一變成為廣告文案蘇活族，每天只需在家工作兩、三小時，生活便可無憂無慮。但年輕時肉體勞動的烙印沒有因此消失，中年的石田衣良突發奇想動筆寫小說，單純只為緬懷自己的憂患青春期。

以作家風格來論，石田衣良不擅長灑狗血。過了血氣方剛之年，得到優渥生活保障後才動筆寫小說的石田衣良，沒有憤世嫉俗，下筆冷靜，保持中立眼光觀看生活周遭。面對單刀直入的戀愛題材，石田衣良以過盡千帆的哀愁詮釋「大人（おとな）戀愛」（成熟、穩重的戀愛）。

與石田衣良初次相遇，短篇小說集《Slow Goodbye》（スローグッドバイ）正好擺在池袋東口淳久堂書店一樓的醒目位置，這本被譽為「珠玉短篇」的小說吸引了我。那時我的日本語還停留在「讀不太懂小說」的階段，沿著石田衣良的文字軌跡，逐字讀完其中某篇，文字意象鮮明地鑲在腦海。看似平凡的愛情逐漸壯大起來，石田衣良的文字簡單冷調柔軟易讀，使人無防備地一頭栽進他所設計的二十代（二十歲以上未滿三十歲的年齡層）男女愛情物語陷阱。與《Slow Goodbye》一樣處理戀愛題材的新作《一磅的悲傷》（1ポンドの悲しみ），主人公設定轉移到三十代都會男女，石田衣良以這兩本作品劃出日本都會二十代與三十代男女的愛情代溝。

乾淨冷調，是許多人讀完石田衣良小說後的讚歎。即使像《娼年》處理男妓題材，文字一點也不猥褻，反而異常透明美麗，這跟石田衣良文字被喻為POP文體脫不了關係。POP文體以輕口吻描述重口味，但此文體輕得有趣的文字卻有著壓倒性力量，現代日本文學在眼前這一代慢慢起了變化，石田衣良的寫作風格符合了當今文學潮流。

從東口淳久堂書店出發，穿過一個長形地下道就可抵達西口，池袋的精采在東口西口北口交織的三角地帶匯集。其中所屬的中心地帶要算是池袋西口公園了。這裡是石田衣良「池袋西口公園系列」磅礡小說的發展場所。

曾在池袋混過半年日本語言學校的我，對池袋環境再熟悉不過，常在語言學校早課過後，帶著一杯咖啡跟一塊麵包呆坐在池袋西口公園噴水池旁，觀看人來人往。東京的都市發展史上，池袋與澀谷並列為七〇年代東京「若者」（young people）之町，混雜程度與新宿不相上下，新宿與澀谷已被太多作品描寫過，從池袋發跡的青少年次文化，與其獨特的幫派械鬥系譜，在石田衣良筆下逐一展開的同時，池袋的特殊氣味有了象徵性意義。「池袋西口公園系列」不僅是石田衣良代表作，更是一窺池袋次文化的最佳窗口。

池袋西口公園的臥虎藏龍，表面上無法察覺，「池袋西口公園系列」彷彿把藏在池袋內裡的祕事掀了開來，身為讀者的我對池袋的移情從這一刻開始作用。曾到過的熱鬧商店街，穿越過情人旅館小巷，活生生觸及的池袋路人甲乙丙丁，隨著主人公真島誠的帶領，跌進了一個人情味四溢的未知推理世界。

活躍在這部青春小說裡的主人公雖然邊緣，卻散發著正義感與人性純粹光輝，石田衣良青春小說的迷人之處就在於此。流連於池袋街頭的邊緣族群：風俗孃（風塵女子），流浪漢，非法滯留的外國人、流氓組織、整天無所事事青少年，在這個活動場域交織出彼此共通的生命樣貌。「池袋西口公園系列」試圖以更新鮮的敘事方式，處理少女賣春、不登校（蹺課）、嗑藥、同儕虐待事件等等當今日本青少年問題，這些正是我所親眼目睹並理解到的東京盛場（都會鬧區）文化，非常重要的關鍵部分。

石田衣良並非少年得志，缺乏作家在成名前「十年寒窗苦寫無人問」的悲苦經歷，中年初試啼聲便贏得眾多喝采與文學賞肯定，石田衣良作品廣泛被日本讀者接受的程度遠遠超乎作者自身想像。

《娼年》、《池袋西口公園之三：骨音》先後被列為直木賞候補作品，《4 TEEN》終於如願摘下第一二九回直木賞，並已改編成電視劇上映。受到直木賞三度眷戀的石田衣良，作品文字仍然輕盈，口味卻要愈來愈多樣，避開冷僻純文學，朝大眾作家之路邁進。

目次

池袋ウエストゲートパーク

星探藍調

現在女孩子的市場行情，時時刻刻都在變化。已經跟股價、匯率一樣——新宿蘿莉塔比前一天漲了三點，池袋三十多歲家庭主婦維持平盤，可接受AF❶的五反田M女❷上漲七點呈現漲停。自從泡沫經濟瓦解之後，這個市場的景氣一路攀升。所以說，如果你或是你女友想要迅速撈一票的話，還是先調查一下市場需求比較好。行情波動當然有高有低、起伏不定。

舉例來說，池袋某情色場所出現一個職缺，店家希望找個外表像高一女學生、穿上深藍色長筒襪和水手服也很可愛的二十歲女生，要是你手邊的貨色正好符合這樣的條件，店家不但會付你一筆豐厚的介紹費，還會按月匯給你佣金。

不是只有這種水手服女高中生才有高價，畢竟日本男人喜好的類型之廣泛堪稱世界之冠，結婚十五年、生了兩個小孩、擁有豐富人生閱歷的主婦，體重破百、腰圍超過一百公分的特大號女人，早就過了更年期的老太太等等，都有各自的市場。也就是說，天然資源不足的日本最終就得仰賴人力資源了。

雖然我不靠女人吃飯，情色市場的價格波動跟我也沒關係，不過我想，讓大家稍微瞭解一下這些事情也沒什麼損失吧。或許不曉得哪一天，有個絕世美女就這麼出現在你眼前也說不定。

那個女人或許會說：「我拚命點賺錢，讓你好好享受。」像這樣走運的時候，無論是勞力士的DAYTONA款、BMW新七系列、汐留高樓豪宅，你都能手到擒來。男人再怎麼努力也比不過豁出去的

❶日式英文Anaru Fuck的簡稱，指肛交。

❷指SM裡受虐的那一方。

女人，這是不容輕易改變的人生哲理。戀愛也好，賺錢也好，輸贏顯而易見。

但是這般好運降臨的機率，幾乎跟你走在池袋車站前被隕石打中當場死亡的機率一樣小。對於你我這種沒有身價的男人來說，機率差不多就是這樣吧。話雖如此，有個我在秋天剛認識的傢伙，每個月都在池袋東口五叉路被性感隕石不斷擊中。

他的銀行戶頭裡全是店家匯來的錢，每天晚上床邊都睡著不同的年輕女生。不過他說，自己雖然有很多女人，男性朋友卻一個也沒有。

我當然是一邊流著口水，一邊成了他的頭號朋友。就算是宇宙的神祕碎片也好，我還是多少想沾點他的光。不過他的世界跟我們的其實沒有差別，畢竟組織與個人的鬥爭，是自二十世紀以來延續至今的普遍課題。

對了，差點忘了，男女之間的相處之道，也是歷經好幾個世紀都無解的謎題。不過關於這個，你還是去問問別人吧，我不是這個圈子的一員。

⚜

夏末秋初某日，我坐在公園長椅上聽著CD隨身聽。不過不是在西口公園，因為前天和大前天，我連續去了兩天卻一點靈感也沒有。一如往常，我總是在截稿前為了想不出點子而煩得要命。

我望著綠色大道上空緩慢流動的秋天雲朵，數著經過眼前的女生們身上的刺青（池袋地區年輕女生刺青的比例，比洋基隊松井選手的打擊率稍高一些）。

濃綠的櫸木行道樹一直延伸至遙遠的大道底端，左右兩邊是高度相同、四方端正宛如圍牆的辦公大樓，呈現出森林都會的氣氛。我並不討厭池袋東口的景色，但光是欣賞美麗的風景也不會有靈感。我想寫的是發生在眼前的街頭上、像是小魚一樣的市井小民的新鮮事，過了一個星期就不新鮮、不能用的點子更好。

我茫然地看著紅綠燈的變化，路人像泡沫般溢出十字路口，有人目標明確地筆直往前移動，也有人跟我一樣，看起來無所事事。不知不覺間，我的視線被一群跟我一樣想在五叉路口張網捕捉小魚的深海魚給吸引住了。

他們是貸款或0204廣告的面紙發送者、稍加打扮的街頭直銷者，還有一些不知是在發掘模特兒、AV女優或酒店小姐的男星探。這個十字路口是通往太陽60通的起點，人潮眾多、紅燈時間又長，是個方便搭訕的星探聚集地。

這天照例有許多男生跟在女生身旁攀談，一般的技巧好像是從左後方上前搭訕，如果對方停下腳步或回頭就等於是囊中物了。不過實際交談的姿態也有千百種，有人試圖碰觸對方的肢體，有人遞出名片拚命說明，也有人邊在記事本上抄下重點邊努力說服。觀察星探的舉動將近一個鐘頭左右，這時有個傢伙引起我的注意。

⚜

他的個子瘦小，穿著膝蓋處有破洞的喇叭牛仔褲，和一件像是多了層肌膚般的薄T恤（胸前印著

QUEEN的字樣與*A NIGHT AT THE OPERA*這張專輯封面的圖樣），腳上是CONVERSE的經典款式CHUCK TAYLOR。微彎的捲髮給人弱不禁風的感覺。雖然如此，但不知為何，只要他上前攀談，就連急忙前往目的地的女生也會停下腳步，其中不乏穿著長靴、紅著臉不知所措的女子。

我心想如果可以問出他的搭訕技巧，說不定就是一篇不錯的文章。我寫的是街頭流行雜誌的專欄，讀者事實上是一群不受歡迎的男生，只能對著沒發生任何新鮮事的夏天興嘆。他們應該都懷抱著能夠在這一季好好發揮戰力的期待吧。身為其中一員的我，非常瞭解讀者在想什麼。

於是我拿下耳機，在綠燈時穿過斑馬線，朝著十字路口的對岸慢慢走去。

❦

我一走近，坐在路邊護欄的星探立刻站起來，原本一臉無趣的表情瞬間堆滿笑容，那是足以融化對方心防的魔法笑容。

「這位是阿誠吧？」

奇怪，他怎麼知道我的名字？我的驚訝想必完全表現在臉上。

「我聽店裡的女生說過你，什麼太陽60通內戰啦、西口暴動啦。你今天在這兒幹嘛？」

關於這種酷到不行的傳聞，請不要背著當事人說，直接告訴我不就得了。就算僅限於這一帶，我好像是愈來愈紅了，但這樣一來就不太方便出入一些不正經的場所。我對個子瘦小的星探說：

「我好像不需要自我介紹了。其實我從剛剛就一直在觀察，你跟女生搭訕的手法在這個十字路口是最高明的，所以想向你請教一下。你應該知道我在幫雜誌寫稿吧？」

他認真地聽我說話，我一說完，他又是那張堆滿笑容的臉。

「等一下。」

星探的視線迅速在等待綠燈的眾多人潮裡穿梭。其中有個穿著露肩小可愛的性感肉彈，肩上刺著一道閃電，臉蛋普普通通，不過她那道深深的乳溝好像可以輕鬆夾住電話簿。然後他看了我一眼，聳聳肩說：

「那個就算了吧，現在巨乳的價錢不高。走吧，阿誠。」

他居然對那個我給了高度評價的女人不以為意，逕自往十字路口旁的咖啡廳走去。我對著他瘦弱的背影說：

「在池袋能賣出高價的是什麼樣的女人？」

他露出驕傲的笑容，回頭對我說：

「我現在接到的訂單是健康款與自俱款。健康款就是適合穿水手服的小胸部女生，自俱款是身高一百七十公分以上、擁有銳利眼神的女王。」

順道一提，自俱是自慰俱樂部的簡稱，也就是讓店裡的女生看著男生自己辦事。這種不需要實際接觸的情色花招正當道。怎麼搞的，避免肉體接觸的色情業居然成了流行？年輕男生都愛這個調調，也難怪出生率會低。

原來星探是依據款式需求來接訂單的，真讓人大開眼界。我趕緊跟上他的腳步，這種消息實在不容錯過。雖然連續三天都在夏末的暑氣裡度過，還是挺值得的。對著因大量排放廢氣而變得混濁的池袋天空，我這個愚蠢專欄作家深深地致上謝意。

我總是像這樣自己找上麻煩。不知為何，麻煩事的第一口滋味永遠那麼甜美，無論之後會變得多棘手，任誰都不會在此停止。麻煩就像一個既危險又充滿魅力的女人，當她在你耳邊呢喃，你絕對會立刻咬住不放。

接著大大地咬下第二口、雙頰鼓脹，這時才發現上顎被利刺弄傷了，但直到最後仍沉醉在甜美當中。所以我一點也不相信那些說自己比起飢餓的魚還進化的人。

❦

這間咖啡廳打開了夏季時分始終緊閉的大窗戶，洋溢著露天咖啡座的氣息，無論是往太陽城走去的時髦人群，或是開過眼前的閃亮新款車，彷彿都觸手可及，街上的所有動靜可以看得很清楚。乾燥且略帶寒意的秋風溜進室內。我們走進座位半滿的店裡，選了一個看得見十字路口的位子，正要坐下時被人叫住。

「歡迎光臨，大地哥，你今天第一次來喔！」

女服務生無視於我的存在，一邊放下水杯，一邊用幾乎讓人融化的眼神注視著星探。她是個嬌媚的短髮女生，只要一微笑，眼睛就彎成細細的上弦月，有點像年輕時的佐藤珠緒❸。這間店的制服裙襬綴有荷葉邊，帶了制服變裝風的味道。荷葉邊底下是一雙沒有穿襪子的光滑雙腿。

「小忍，給我兩杯冰歐蕾。」

只是被叫個名字而已，她就像隻小狗一樣高興，然後依依不捨、慢吞吞地回到吧檯。我深感佩服地問：

「要怎麼做，女人才會用那種眼神看我？」

大地露出困惑的表情。

「大家都這麼問，但其實我也不太清楚，應該沒什麼祕訣吧。只不過，我會做兩件事。」

我叫他等一下，同時拿出小筆記本和水性原子筆。採訪時，我多半不用錄音機。大地再度展露他的招牌笑容，可愛到連我這個男生都不自覺胸口一緊。

「我做的事根本不稀奇。首先，女生講的話不管多麼可笑荒謬，都要全部聽完。」

我一字一句抄下，想著這點自己應該也能做到吧。

「無論是一般的說教或煞有介事的道理，聽的時候都不能心存待會兒要跟她嘿咻的念頭。這聽起來好像很簡單，其實是最難的部分。」

女人在男人面前，的確習慣技巧性地展示性感。大地若無其事地繼續說：

「還有啊，女人的情緒不是偶爾會陰晴不定嗎？例如沒來由的興奮或落寞。這種時候就得默默在旁邊陪伴她、握住她的手，不管要耗掉幾個鐘頭。」

我抬起頭望著看起來懦弱膽怯的星探，心想若是沒人教的話，面對這種狀況我應該不知如何反應吧。怎麼看他都比我年輕，看來才能與年齡無關。

---

❸さとう珠緒：一九八八年出道的二線女演員、模特兒及寫真女星，而後多以通告藝人的身分出現在螢光幕前。

「對了，你幾歲啊？」

他微微一笑。

「二十一。」

果然比我年輕。不過這個答案還是讓我很驚訝。當我捲入街頭小混混之間沒啥大不了的紛爭時，大地正在磨練如何被女人愛戀的技巧。我好久不曾有過這種對自己的人生產生後悔的感覺。

「星探是怎麼賺錢的啊？」

大地在咖啡店裡也不斷檢視每個女人。他用發呆的表情無趣地說：

「我是特種行業的星探，所以只要將店家需要的女人類型帶去，就會拿到介紹費，每個月還能依她們的業績抽成。」

讀者最喜歡知道跟錢有關的事，尤其對於別人賺多少錢，更像蒲公英的花絮一樣敏感。

「幾成？」

大地爽快地回答：

「一成。」

從認識這傢伙以來，就是一連串的驚訝。我的眼睛離開小筆記本望向他。

「光是把女生介紹給店家，就能持續收到一成佣金嗎？」

大地若無其事地啜了一小口咖啡。

「是啊。」

「那你手上有幾個女生呢？」

星探毫不掩飾地說：

「嗯，大約十八個吧。」

雖然我不喜歡打聽別人的薪水，不過這次是例外。握著原子筆的手停下來，我問了一個沒水準的問題。

「那一個月薪水大概多少？」

「有高有低啦，大約一百五十到兩百。不過數字不是重點，重要的是必須每天持續站在街頭，就算被女生拒絕很多次，也不能害怕對下一個女生開口。這倒也不是什麼大問題，為了賺錢嘛，難是難在星探的世界一向飽受批評。」

那確實是另一個世界。看來我完全選錯人生了。

「你有什麼座右銘嗎？」

大地露出讓人無條件投降的笑容。

「也不算什麼座右銘啦。當初還是菜鳥時，前輩曾經告訴我，無論晴雨、吃多少次閉門羹，只要每天都確實站在街頭，這會是個不管幾歲都能開賓士的工作。他叮嚀我絕對不要灰心，儘管往街上站就是了。」

大地說的這些我多少能瞭解。因為每天徘徊在骯髒巷弄尋找靈感的時間也占了我工作的大部分，實際上寫稿只占工作量的一半。我迅速記下重點，接著問：

「這樣啊，原來大地開賓士。」

他左右晃動細細的脖子說：

「才沒有呢。我不適合開賓士吧，一點都不酷。」

我看只有有錢人才會說些像是「這跟賺多少無關」的話吧。不過，這話從穿著玻璃紙般薄T恤的大地口中說出來，莫名具說服力。

「這可以寫在專欄上嗎？二十一歲的小伙子，年收入兩千萬。」

他聳聳瘦弱的肩膀說：

「明天開始阿誠也可以站在街上試試，包你馬上賺到這數字。」

正想回他我絕對辦不到時，咖啡店外傳來聲音。

「啊，果然在這裡！大地，你聽我說——」

窗外站著一個像極樂鳥❹的女人，粉紅色亮片運動裝、咖啡色捲髮，背著旅行一個禮拜也不成問題的大容量LV包包。她說了等一下之後，就繞到門口走進來。

⚜

極樂鳥一進咖啡廳，就直直朝我們這桌走來，還一路踢開擋路的椅子，氣勢凌人。她瞥了我一眼，沒跟我寒暄就直接坐下。大地露出傷腦筋的表情笑著說：

「阿誠，我馬上就好，可以待會兒再繼續嗎？」

我當然不好意思妨礙他的工作。那女人無言地瞪著我，我正打算起身離開時，剛才的女服務生走過來，粗魯地放下水杯。這位不知打哪兒來的酒店小姐說：

「我馬上就走，不點東西。」

女服務生用銳利的眼神瞪她，把水杯收走。那是帶著強烈嫉妒的眼神。平常被街頭混混、道上兄弟瞪都不以為意的我，此刻居然感到背後一股涼意。女人的眼睛真是可怕。

離開座位之後，我對著走在前面的女服務生背影問：

「大地常來這裡嗎？」

小忍轉身時，荷葉邊微微飛起。

「是啊，每天來個兩、三次吧。他好像把這裡當成辦公室了。」

只不過因為剛才和大地坐在一起，她跟我說話的口氣馬上變成朋友了，星探的神奇力量真是偉大。

我回到五叉路的一角，靠在護欄上。

陽光如沙粒般透過櫸木樹葉的空隙灑下，秋天真是個適合在戶外隨意席地而坐的好季節。

◈

大約二十分鐘後，女人和大地離開咖啡廳，若四下無人肯定直接搞起來的曖昧眼神，在兩人之間持續交流了三十秒。大地目送極樂鳥搖晃著雙臂的身影消失在太陽60通之後，往護欄這邊走來。

「今天遇到什麼問題啦？」

---

❹又名風鳥、天堂鳥。雄性極樂鳥羽毛華麗，堪稱是最美麗的鳥。

大地在我身旁坐下。

「之前店家答應讓她趕最後一班電車回家，但最近客人常常一坐就到半夜一、兩點，所以她大小姐就不開心啦。她不想半夜坐計程車，希望可以早點下班。」

勞工法規怎麼可能適用於特種行業嘛，因此星探的工作包括要安撫小姐的不滿情緒。無論是持續站在街頭也好，當任性女人的出氣筒也好，看來這活兒似乎不輕鬆。

「常發生這種事嗎？」

大地不好意思地笑說：

「是啊，不過沒關係啦，反正我腦袋空空，還滿喜歡聽女生講話的。」

這應該就是所謂與生俱來的天分吧。對大地來說，這工作毫不費力，輕輕鬆鬆就能做好。基本資料已經夠了，但為了專欄文章的結尾，我還需要一些新情報。

「你們這一行最近有沒有什麼特別的事？」

陽光透過枝葉投下的影子，濃淡不一地灑在大地臉上。他的臉色瞬間變得陰暗，皺著眉頭說：

「應該是事務所的問題吧。」

「什麼事務所啊？」

大地一邊檢視馬路上的女人，一邊無趣地說著：

「東京有幾千家特種行業場所，這些店家與其各自和星探聯絡，倒不如先把情報集中起來比較有效率，於是就出現了先將店家的期望條件收集整理之後再告知星探的仲介業者。東京大約有二、三十家這種仲介公司。現在個體戶星探愈來愈少了，大多都隸屬於仲介公司。」

如果我想成為星探的話，也得站在五叉路口對女人評分。而且，光是上前攀談還不夠，若沒辦法找到讓那女生滿意的店家，可是一毛錢也拿不到。對我而言，這工作實在強人所難。我對著沉默不語、眼珠不停轉動的星探說：

「你沒加入任何事務所吧？」

「是啊，所以常遇到麻煩，像是威脅恐嚇等等。因為幫事務所撐腰的，大部分都跟黑道有關。」

我想，那個世界的男人就像聞到腐肉氣味的鯊魚，對於金錢非常敏感。只要金錢一流動，他們就會流著口水湊上來。

「星探還真不輕鬆。」

大地展露迷人的笑容，點點頭。

「不過這是我的工作，我喜歡也做得來，所以就算辛苦一點也很開心。」

我真想把指甲垢加在湯裡，給那些成天只會抱怨的打工族喝下。如果全日本的勞動者都像這傢伙一樣，三個月之後哪還有什麼不景氣。我說了下次再聊，就跟他分開了。在綠色大道上，往池袋車站走去時，我已經決定好文章如何開頭了。

我會從大地那個晴空般的笑容開始寫起。這篇文章應該會寫得很順利，畢竟萬事起頭難；開頭寫得好，整篇都好。話雖然這麼說，其實我的專欄篇幅很短，才剛開頭就得結束了。不過正因如此，怎麼起頭就變得非常重要。

腦海裡反覆描繪著星探的模樣，我穿過ＪＲ鐵道。

那之後的兩天，我關在房間裡振筆直書。每一次寫文章都筋疲力盡，真搞不懂為什麼會這麼費力。把稿子email出去之後，覺得莫名亢奮，想晚上出去找點樂子。正在沖澡時，老媽在浴室外叫我：

「阿誠，有人找你。」

滿頭都是洗髮精泡沫的我回了一聲：

「是誰啊？」

「他叫大地，說是你的朋友。是個很可愛的小伙子喔。」

我胡亂沖洗了一下，就套上寬鬆的牛仔褲和T恤飛奔下樓，心裡一邊想著：不會吧，要是老媽被星探發掘去從事特種行業，我不就得一整天在西一番街水果行顧店？

頭髮還溼答答的我一下樓，就看到老媽展現我從不曾見過的嬌媚，開心地笑著說：

「他死去的老爸跟阿誠一樣很晚熟，反倒是我跟他老爸說，要做不做說清楚嘛。」

老媽居然把我連聽都沒聽過的往事，跟一個見面不超過十五分鐘的星探說。這時大地注意到我。

「阿誠，我有話跟你說。」

我拉起大地纖細的手腕往外走。如果讓他們再聊個十五分鐘，老媽說不定就會去大塚的熟女俱樂部上班了。千萬要避免這種可怕的事發生。

我們到浪漫通的一間咖啡廳，距離我家走路只需要九十秒。這條有點骯髒的池袋小路，有一些年輕藝人在這兒表演。雖然叫做浪漫通，卻沒有一則浪漫故事。不用吸管就直接喝起冰咖啡的大地說：

「你還記不記得那天在五叉路口咖啡廳的女服務生？」

我點點頭。小忍嘛，她穿的荷葉邊制服裙，我怎麼可能忘記。

「她遇上麻煩了。阿誠，請你幫幫她。」

才兩天的時間，怎麼會捲入什麼麻煩呢？我聽得一頭霧水。

「是什麼麻煩？」

大地一副難以啟齒的模樣。

「她好像對我頗有好感，加上常看到我跟酒店小姐說話，就以為自己也從事這行的話，我就會跟她交往。」

我傻傻地看著眼前這位星探。他今天穿著老鷹樂團的T恤，上面印著專輯*ONE OF THESE NIGHTS*的封面圖案，就衝著T恤上印的不是*HOTEL CALIFORNIA*這張專輯這一點，我覺得還挺時髦的。先不管這個，這傢伙到底有幾件經典搖滾T恤呢？仔細看他的髮型，還真有點像傑夫．貝克❺。

❺ Jeff Beck：一九六四年接替Eric Clapton，成為英國搖滾樂團Yardbirds的吉他手，團中的另一名主音吉他手Jimmy Page則在一九六八年樂團解散後，組起了新樂團Led Zeppelin；日後這三人均成為搖滾名人堂等級的傳奇樂手。

「所以她的確做了酒店小姐，你的佣金也變多了。這有什麼問題嗎？」

自己想要從事這行又不犯法，池袋有幾千個這種女人，要是每個都替她們煩惱的話不是沒完沒了？

大地垂下雙眼說：

「問題出在事務所。前天我有點感冒，沒去街頭站，沒想到害小忍抽到爛籤。」

傍晚咖啡廳的工作結束之後，為了找心愛的星探，她去了東口的五叉路，卻不見大地的蹤影，結果她跑去向附近同業的男生打聽。大地接著淡淡地說：

「那是一間下流事務所的星探，公司叫做自由線，最早只是個學生社團。」

我想像那些過分的學生搞的投機事業，強迫推銷派對門票還不夠，現在也跨足特種行業。

「那個星探騙小忍說是我同事，要帶她回公司找我。接下來就是他們慣用的手法。」

我不知道那間事務所會搞些什麼花招。

「一開始會有幾個男生在一旁拚命稱讚、吹捧女生，等女生稍微卸下心防，就帶她去店家參觀。店裡的男人露出一副凶狠模樣強迫女生接客，根本逃不了。」

我想起小忍那雙一笑起來就彎成上弦月的眼睛。本來還好端端地在咖啡廳當服務生，過了那天傍晚之後就被迫含著男客的生殖器。女人一失足，就瞬間掉入了無底深淵。我嘆了口氣說：

「原來那天發生了這些事。」

大地點點頭。

「那些傢伙根本不給任何考慮的時間。我介紹女生給店家時，要是她不願意的話絕對不強迫。結果當晚直到店家關門，小忍都在接客，最後是事務所的車把她送回家，下車時還警告她——」

大地將視線抬起，筆直地看著我。

「妳今晚服務了八個客人，我們拍了照片，也知道妳家的住址、電話。明天如果不來上班的話，我們就在池袋到處散發照片，然後放火燒了這裡。」

我忿忿不平地問：

「這是他們事務所一向的做法嗎？」

大地點頭。他緩緩移動身軀，從屁股後方口袋拿出東西丟在桌子上。是一疊一萬日圓的紙鈔，高度跟兩片裝的ＣＤ盒差不多。

「今天晚上小忍還是去店裡了。阿誠你向來被稱為麻煩終結者，希望你能救救她。錢不夠的話，我會再去領。」

我看看鈔票，再看看大地的眼睛。看來他是認真的。

「那家店叫什麼名字？」

「池袋一丁目的『射女孩』。」

「小忍成年了吧？」

「她二十歲。」

我把桌上的錢還給他。

「現在處理這種事情不需要花錢。等我一下。」

我拿出行動電話，選了「よ」❻開頭的電話簿。好久沒聯絡，不知這位刑警的頭上還剩幾根頭髮？

吉岡是池袋警察署生活安全課的刑警，之前他在少年課時，我曾經兩度受到他的照顧。如今我痛改前非，對彼此來說都是一大福音。他一接起電話，便傳來超級不爽的聲音。

「誰啊？」

「是我，阿誠啦。」

「是你啊，那我要掛了。今晚沒空。」

只要一跟他說話，不知為何我總是不由自主地想開他玩笑。

「你在忙著搞不倫戀還是跟國中女生援交？警察老伯，你沒幹什麼壞勾當嗎？」

吉岡無力地笑了笑。

「你這小子從啥時開始學我說話了？唉，暑假剛結束那陣子，街上還很平靜，最近小混混又冒出來了。所以今晚起得加強巡邏，阿誠你也小心點。」

我馬上改變說話口氣，跟他說了小忍的事。不愧是豪氣萬丈、在這街頭當了十年多的刑警，吉岡馬上進入狀況。

「她不想提出被害告訴吧？」

我望著大地點點頭。

「嗯，她不想被家人知道。」

「嗟！要是提出告訴，他們就會放人，還能辦辦那家店。不過算了，我先打通電話，等一下跟你碰頭。」

跟吉岡簡單討論之後，我掛掉電話，對著擔心不已的星探說：

「解決了，待會兒一起去接小忍吧。」

大地把整疊鈔票丟向桌子大叫：

「一通電話就解決了？」

沒錯，店家有時就是得賣面子給日本警察。他們應該會馬上放了小忍吧，一旦被生活安全課盯上，想要繼續在池袋營業絕對很困難；而且公家機關會連成共同戰線，到時不只是警察，連消防、衛生、財稅單位都會像大鯊魚，一個個找上門來。就算是店內營業額最高的公主，店家也只能迅速放人吧。如同平安時代的貴族根本不是月之軍團的對手一樣，只得跟輝夜姬❼說再見了。

這就是居於下位的庶民無法忤逆貴族的道理。

❻吉岡的平假名為よしおか（Yoshioka）。

❼かぐや姬：《竹取物語》的女主角。故事描述一位砍竹老翁在竹筒裡發現一個三寸小娃，三個月後她長得亭亭玉立、姿容脫俗，引來貴族們的追求。最後為了拒絕天皇，她穿上天衣，返回天上的月宮。

那天晚上八點多，我在常盤通的巢鴨信金前等吉岡。他跟平常一樣，穿著藍色防風夾克、廉價的合成纖維西裝褲，腳下的皮鞋像是不知哪家店賣的五千日圓特價品。就算他一身都是便宜貨，頭髮也愈來愈稀疏，我還是十分清楚吉岡的身價。

「一年不見，還穿著同款衣服的只有吉岡刑警你一個吧。這位就是剛剛跟你提到的星探，叫做大地。」

大地躲在我身後低頭鞠躬。

「阿誠，你老是一頭栽進這些有的沒的，你老媽可是會傷心的喔！也不交個女朋友，害媽媽沒辦法抱孫子。」

吉岡得一分。他果然非常瞭解我的弱點。我本來想吐槽他的頭髮奪回一分，不過還是作罷，誰叫我是拜託人家的角色。今晚就讓他回家時心情愉快些吧。

我們在相當熱鬧、充斥著醉漢與招客聲的常盤通右轉，前方十公尺立了一個「射女孩」的發光看板，上面畫著從粉紅色俄羅斯手槍噴出不明液體的圖案。看板前有個年輕男子身穿宣傳用的日式外套，旁邊則是穿著皮革短大衣的小忍。

我們朝他走過去時，他深深一鞠躬致意。

「我叫丸山，是這裡的店長。刑警大哥，以後還請您多關照。」

他遞出名片之後，吉岡馬上翻到背面，有一張摺得小小的一萬日圓鈔票用膠帶貼著。

「不好意思，下次請你在沒有別人的地方給我。」

吉岡撕下鈔票，把它塞進店長襯衫的胸前口袋，然後對著小忍說：

「真是苦了妳，接下來全看妳想要怎麼處理。要不要正式提出告訴？只要妳想這麼做，我馬上就能讓這家店關門大吉。」

眼前的壞蛋嚇得像是馬上矮了十公分，這副模樣任誰看了都痛快。小忍搖頭。

「好吧。店長，那她自由囉，如果她或她的家人有什麼三長兩短，我就查封這家店。或是乾脆今天就來個小臨檢好了，裡面應該沒有未成年的美眉吧？」

吉岡真會演戲，故意探頭望向通往地下室的樓梯。店長拚命用身體擋住吉岡的視線。

◈

回到西口公園後，吉岡說要先回局裡就走了。我們三個人坐在公園長椅上，入夜後的露天將棋大會人聲鼎沸，棋盤沿著圓形柵欄整齊排放，旁邊擠滿了圍觀的群眾。花崗石舞台的階梯上，有兩個人彈著木吉他、唱著感人的歌曲，雖然歌詞很蹩腳，歌聲卻宛如秋天的夜空般清澈透明。

過了一會兒，表情緊繃的小忍安靜地哭了，大地沉默地握住小忍的手。雖然我發現自己活像個電燈泡，但是涼爽的夜風吹來，不知怎的就是無法離開長椅。接著小忍低頭說：

「謝謝你們。我真是個傻瓜，竟然以為進了這行就能待在大地身邊，都怪我一開始動機不純。」

想要待在喜歡的男生身旁，怎麼能算是動機不純呢？比起只是為了賺錢好多少我不太清楚，但我想小忍只是運氣背了點，去了不該去的地方，跟不該搭訕的人問了話而已。於是我說：

「妳還好嗎？明天之後有什麼打算？」

小忍沒看我，盯著大地的側臉說：

「還是會回咖啡廳上班吧，我好像沒辦法從事特種行業。大地，不能為你做點什麼，真是對不起。」

我對年輕星探的魔力佩服不已。照理說道歉的應該是男生，畢竟小忍為了他而受到傷害，沒想到居然是女生因為沒辦法讓大地抽到佣金而道歉，著實讓我大開眼界。大地露出招牌笑容對她說不要緊，光是這樣，小忍的雙眼就充滿了許多愛心符號。

我帶著滿肚子的疑惑站起來，對著宛如停在電線上的兩隻小鳥說：

「你們慢慢聊，有事的話再跟我聯絡。」

麻煩終結者拱肩縮背，孤獨地回到隻身就寢的家。今年夏天沒有桃花，看來秋天也將一樣寂寞。我想拜大地為師，在街頭站上一個月，池袋好歹也算是我的地盤。

雖然對於利用口才說服女生這方面，我一點自信都沒有，不過持續在街頭逛絕對是我的拿手絕活。好好幹的話，年收入兩千萬應該不是夢吧。

⚜

這晚我戴上耳機，把四疊半房間的窗戶打開，好似邀約黃色月光入室一般，聽著音樂。不是皇后樂團，也不是老鷹樂團，而是莫札特的《唐．喬望尼》（*Don Giovanni*）。這是描述一代花花公子唐璜被石像騎士帶去墜落地獄的歌劇傑作，不管怎麼聽，我都覺得故事裡只有忠於自身欲望、被女人圍繞的主角才是認真的，其他人物都蠢得可以。就像大地跟我的情況。

一邊聽著莫札特少有的悲壯序曲，我一邊這麼想。大地應該覺得跟女生相處很幸福吧，畢竟工作、興趣全與女人有關。他靠著十八個女生的收入維生，當一個還沒和他睡過的女生遇上麻煩時，他也能大方丟出百萬圓，尋求解決方法。看看我周遭的朋友，沒有人會這麼做。

我想起受石像詛咒、被地獄火焰無情包圍的唐璜。如果哪一天大地墜入地獄，一定跟女人脫不了關係。不過，那些想把他送進地獄的女人，到頭來一定會選擇跟他一起墜入地獄。對大地這樣的男人而言，地獄就像一枚勳章。

我也思考了一下自己會墜入地獄的理由，應該是為了街頭混混、黑道之類的糾紛吧，接著腦海裡就浮現出崇仔、猴子，還有吉岡疲憊的臉。光是想像跟這些男人下地獄被燒死的畫面，心情就變得異常沉重。

一套三張的CD聽到第二張時，我看著月亮氣呼呼地睡著了。不管我們的心情如何起伏，月亮總是懸掛在夜空，從微笑著漸漸變成正圓形。

⚜

隔天下午，因為有點掛心大地，於是前往東口五叉路。可是靠在路邊護欄等了很久，始終不見天才星探的蹤影。等不到也沒辦法，我就去BIC CAMERA連鎖電器商店買CD隨身聽用的三號電池。

接著我去街角的咖啡廳打聽，才知道小忍休假。怎麼搞的，這兩個人都沒出門啊？我只好回家去，重返交稿後的顧店崗位。今年的八月像秋天，九月卻又突然變回夏天。不過也因為這樣，本來不賣的西瓜又重登暢銷排行榜。

我一直站在店裡拚命賣水果。雖然身兼專欄作家與顧店小弟，但其實我在顧店的時候最像自己——無聊至極，全身上緊發條等待狀況發生。我就像頭飢渴的野狼。

還真是意想不到的順利，麻煩就在晚上關店前找上門來。

⚜

架上鐵捲門的支架後，再用鐵管前端的鉤子拉下鐵捲門，我超愛鐵捲門一股作氣落下的聲音。不過，我家只是間小店，鐵捲門才兩片而已。就在我關到一片半的時候，背後傳來聲音。

「就是你吧，什麼專門解決麻煩的阿誠。」

是個沒聽過的聲音。我握著鐵管回頭，看到一個穿黑襯衫、牛仔褲的男人。襯衫釦子開到第三顆，露出曬得黝黑的胸膛，這應該是迷人的優勢吧。胸前正中央掛著一條粗粗的銀鍊，鐘型墜子搖晃著。圓圓的臉曬得一樣黝黑，看起來並不凶狠精悍。頭髮漂淡成銀色，留著像是衝浪男孩的髮型。

「聽說你把我們事務所的女生帶走，射女孩已經來抱怨了。你給我過來！」

這男人就像鄉下都市胖胖的美髮師，努力裝扮著自己。停在後方的雷諾休旅車的玻璃車窗緩緩降下，黑玻璃裡面是大地的臉，他的左眼浮腫瘀血。

「阿誠，快逃！他們是自由線的人。」

遺憾的是，我怎麼可能從自家門前逃走呢？況且大地還成了人質。於是我對那個男人說：

「喂，店長沒跟你說嗎？」

他竊笑幾聲。他身體只要稍微一動，鐘型墜飾就發出細微的鈴聲。這傢伙是聖伯納犬嗎？

「當然聽說了，只要那個女生或她家人有個三長兩短，你們就要射女孩好看是吧？拜託，警察幹嘛幫色情業星探或你這個小混混呢？少廢話，跟我來！」

真是的。我手上握著一公尺長的鐵管，往我家後方的停車場走去。雖然不清楚車上有幾個人，我也不是個打仔，但也只好硬著頭皮上了。從這輛玻璃窗大得像是魚缸的時髦雷諾休旅車上，迅速步下幾個人影，跟在我和黑襯衫的後頭。

⚜

包括黑襯衫在內，自由線共有四個男人。明明年紀輕輕，卻一副玩到累癱的樣子，全身瀰漫一股濃濃的夜晚氣息。他們應該是每個禮拜都去日光浴沙龍吧，個個都像黑炭一樣，也都掛滿了銀飾。黑襯衫從停車場的某個陰暗角落開口說：

「我是自由線的負責人，叫做大浦秀光。」

我注視著他的表情，心裡盤算是不是先投降比較好。一陣沉默之後他說：

「你和大地的行為是妨害營業，懂不懂啊？」

「把女生騙去店裡、強迫她接客，也算是你們的營業項目嗎？」

黑襯衫用西部牛仔長靴的前端，朝著空無一物的地上踹了一腳。

「你有沒有搞清楚，哪一間事務所不是這樣？難道你以為她是大家閨秀嗎？又不是什麼天香國色。你該不會什麼都沒聽說吧？」

他又竊笑了起來。有什麼我和大地不知道的事嗎？不過我沒時間思考他在想什麼，專心觀察著大浦身後的三個男生。其中兩個年紀雖小，卻長得人模人樣，應該還是大學生吧，一副還不太習慣這種紛爭的樣子。我把鐵管移至腰際處。另外一個留著時下流行的黑人蓬鬆大捲頭、一副隨時準備開打的模樣。所以實際上算是二對一的局面。黑襯衫又說：

「你敢去跟條子密告，就該做好心理準備。有沒有後台啊？」

光從他這麼愛用黑話這一點，就顯示出他是個菜鳥。我八百年沒聽過「後台」這個詞了，忍不住笑出來。

「你又有誰幫你撐腰？」

大浦胸前的鐘型墜子發出聲響。

「我們有老本行紀流會的宇佐美大哥照顧，你的小命不保了。」

每個月才收那麼一點保護費，人家才不會為這種小事把我殺了呢，這傢伙大概沒聽過「投資效益」吧。真替這間事務所的將來感到憂心。

「這樣我懂了，今天我跟你們道歉，請你們放了大地，一切好商量。」

那個像是馬上要殺出來的黑人頭大叫：

「你別把我們當傻瓜！」

我揮動鐵管，發出咻咻的聲音，後面那兩個小伙子怕極了。

「放馬過來吧，我們也不是好惹的，走著瞧。」

自由線的前身是愛搭訕的大學社團，完全沒有池袋街頭混混的膽識。此時，我老媽的吼聲有如槍聲般響亮：

「你們在那裡搞什麼鬼？」

於是他們把大地丟到柏油路上，四個人匆匆忙忙鑽進車裡，輪胎發出一陣噪音後就從夜晚的停車場消失了。

你們應該也知道，我老媽的聲音比警車的警笛更具威力。

⚜

一進家門，老媽就不辭辛勞地照顧大地，把冰塊放進塑膠袋，幫他冰敷瘀血的左眼，還把剩下的哈密瓜榨成新鮮果汁。我把想要黏在大地身邊的老媽趕出四疊半的房間，以便問大地到底發生了什麼事。

「怎麼會變成這樣？」

大地靠著牆壁冰敷眼睛，用累垮的表情說：

「老早以前他們就想脅迫我加入自由線，現在又發生小忍這件事，所以大浦發飆了，從五叉路口強行把我押上車，帶回事務所海扁一頓。」

「他們的事務所在哪？」

「東池袋一棟住商大樓的六樓，樓下是全家便利商店。」

我想到大浦剛才說的什麼小忍的祕密。

「大地，你有跟她聯絡嗎？」

池袋唐璜一臉困惑地問：

「哪個她？」

唉呀，我忘了他手上有將近二十個女人。

「咖啡廳的小忍啊。」

大地搖搖頭，非常懊惱地說：

「我一到事務所手機就被搶走了，眼睜睜看著大浦把它踩碎，那比被揍還要痛苦。對星探而言，那是我們唯一的生財工具。」

的確，輸入一百個女人電話號碼的手機，價值難以估算。我從桌上的充電器拿起手機，確認當時時間大約是半夜，對他們來說，這時間恰到好處。我想，同行的事就該找同行的人打聽，於是我按下齊藤富士男的電話號碼——那個從前老是被欺負，現在是羽澤組系冰高組代理會長的傢伙。

⚜

猴子跟吉岡大不相同，心情好得很，醉意甚濃地說：

「是阿誠啊，我正在應酬呢，你也一起來吧。這兒很熱鬧喔！」

BGM是尖銳的女人笑聲。

「你在哪裡啊？」

「池袋的酒店。可不是崇仔那種小鬼頭去的酒店，這兒有許多漂亮美眉喔。」

不知是誰聽到猴子提到漂亮美眉，就開心地大叫「你是在說我嗎」，真是讓人受不了。我只想趕快說完重點，然後掛電話。

「喂，猴子，你聽過紀流會嗎？」

猴子發出開朗的笑聲。

「你真會挑時間，紀流會的公關現在就在這裡。」

「他們跟羽澤組有啥關係？」

猴子冷笑。

「我們是關東贊和會的支系，紀流會又是我們的支系，屬於垂直關係，有點像母公司和子公司。所以他們才會招待我啊。」

好像除了我，大家都更加成熟了。我根本沒進過那種高級酒店。

「這樣啊。那紀流會的宇佐美又是什麼角色？」

「你等一下。」

猴子摀住話筒，在電話那頭不知說了什麼。不一會兒，他又繼續跟我說：

「你從什麼時候開始這麼瞭解黑道了？乾脆來我這兒上班吧！阿誠鐵定能成氣候。」

我一點都不想在猴子下面從小弟幹起。

「我啊，算了吧。那個宇佐美是何方神聖？」

「聽說四十出頭，但看起來很年輕。不過反應不快也沒啥手腕，算是紀流會的小角色，平常只能跑跑龍套。怎麼了？阿誠，你該不會又捲入什麼是非吧？」

不愧是反應靈敏的猴子。他是所有我認識的高中學歷朋友當中，數一數二優秀的。

「唉，跟特種行業的事務所有點糾紛，聽說那裡的地頭蛇是紀流會的宇佐美。剛剛我才被威脅，說什麼要把我給埋了。」

猴子由衷開心地笑了。

「要把池袋阿誠給埋了是吧？說不定試一次也好喔。」

「怎麼說？」

「嘴硬的人就少一些啦。」

我也不認輸地笑著說：

「猴子你也是啊。」

「為什麼？」

「多吸收一些地底的養分，說不定就會長高啦。」

猴子放聲笑了一會兒，用冰冷的語調說：

「如果跟宇佐美起衝突的話，就報上我的名字，我想他應該就會停手吧。對了，事情解決之後，別忘了請我。你的話，選在便宜的居酒屋就行了，我們好久沒聊聊了。」

然後電話突然斷了。就算沒有十八個養我的女人，有一個這種朋友就讓人夠滿足了。我的幸福標準非常低。

向大地轉述了猴子說的話。因為擔心還有人在外頭盯哨，我送大地走出門口。

我們在西一番街等計程車時，大地突然很認真地看著我說：

「阿誠，我一個男性朋友也沒有，你能做我的朋友嗎？」

我就像第一次被告白的小學六年級男生一樣慌張。一般男生之間並不會說這些話吧，星探的直率果真令人眩目。我舉起右手招車。

「只要你認為我們是朋友就行了，不用特地拿出來說。明天見。你要試著聯絡小忍喔。」

計程車駛離之後，我為了繼續聆聽莫札特就回房了。沒想到好心情只維持了一晚。

此時，在一個我們不知道的地方，公主正被逼得走投無路。

❦

隔天下午我在顧店時，大地突然跑來，手上提著便利商店的白色塑膠袋。

「伯母，您好。」

穿著創世紀樂團T恤的大地，在跟我打招呼之前先跟我老媽問好。T恤胸前印著*FOXTROT*專輯封面插圖，那是彼得．蓋布瑞爾擔任主唱時的專輯。老樣子，大地的音樂品味還真是不錯。

「喂，阿誠。」

他把塑膠袋打開，裡面是錄影帶和壞掉的手機。大地說：

「早上一起來就發現這個吊在門外把手上，你可以陪我一起看嗎？」

我跟老媽說了一聲，就和大地回房間。

⚜

錄影帶沒有標題，我用四疊半房間裡的錄放影機來播放。首先看到一大片垂下的白色布幕，有一個女生從旁邊走進來，是小忍。靴型牛仔褲配上白色小背心，套著一件小外套。接著聽到大浦的聲音。

「妳真是挺可愛的，比起當酒家女不如去拍AV，說不定比較賺錢喔。」

旁邊傳來圍觀的男生不斷稱讚小忍可愛、身材好的聲音。小忍臉頰泛紅，怯懦地盯著攝影機，兩隻手不知該放哪兒，一會兒在背後交叉，一會兒環抱肩膀。大浦用馴貓的口氣說：

「憑妳的條件，說不定能成為寫真偶像或綜藝節目的通告藝人。變成明星之後，可別忘了這間事務所喔。」

男生們的吹捧笑聲響起，接著大浦說：

「今天人都在這裡了，就先來試個鏡吧！把上衣脫了。」

小忍的表情僵住。

「現在？在這裡？」

此時大浦的聲音變得像陌生人般冷漠。

「不然呢？我們這是在工作耶！別浪費時間，快脫了吧！」

小忍的眼神瞬間變得非常掙扎，房間裡到處飄著男生的視線。可能潛意識為了保護身體柔軟的部位，她的雙手壓在肚子上。小忍大叫：

「那先讓我跟大地說話，請你們去叫大地來。」

「真是不乾脆又囉嗦的女人。」

大浦說完，鏡頭旁邊伸出一隻手，捉住小忍的肩膀。這時電視螢幕像是颳起一陣沙塵暴，畫面突然消失。我問大地：

「這是怎麼一回事？」

大地臉色鐵青，跟剛剛的小忍一樣，把手壓在肚子上。

「我想這是她第一天去自由線的畫面。」

我坐立難安。我想知道的並非這是何時拍的，而是接下來發生了什麼事。

「小忍後來怎麼了？」

大地咬牙切齒地說：

「他們一定試過了。」

我說不出話了。原來我們救出她之前，她不只服務客人，還被這些人給欺負了。星探喃喃地說：

「自由線裡不知道有多少人糟蹋了小忍。為了讓女生乖乖聽話，他們常常不擇手段，把欺負女生的畫面拍下來，逼她們到店裡上班。」

天啊，真想大叫。大地接下來要說的話，連遲鈍的我都很明白。

「然後把錄影帶當作恐嚇把柄。大地，趕快聯絡小忍的家人。」

我把自己的手機輕拋給他，他點點頭輸入電話號碼。對方一接起電話，大地就對我猛點頭，他很有禮貌地說：

「我是小忍的朋友，她還好嗎？」

大概是她爸媽接的吧。大地緊張得臉都歪了。

「我知道了，我馬上去醫院看她。」

大地抓著手機飛奔而出，我對著他的背影大喊：

「怎麼了？」

大地雙腳套進籃球鞋裡，鞋帶沒綁就衝下樓梯。他的聲音從樓下傳來：

「小忍昨晚割腕，現在人在南長崎豐島昭和醫院。」

於是我兩階當作一階跑下樓，跟在大地身後。

⚜

醫院在西武池袋鐵路東長崎車站附近的住宅區裡，建築物還非常新，大玻璃窗在秋日陽光映照下，亮晶晶地閃著光芒。我們一下計程車就衝進大門，向櫃檯詢問小忍的病房號碼。

我們也等不了電梯，一口氣直接殺到四樓。可能是精神過於興奮吧，腳步變得異常輕巧，也完全不會氣喘吁吁。進病房前，我和大地四目相視，朝彼此點點頭，接著就像要登上決鬥舞台，雙腿慢慢地移動前進。

窗簾、床單、床、床架等等，所有病房裡的東西都是白色的。半滿的六人房中，最後方左邊靠窗的就是小忍的病床。她上半身靠著幾個枕頭，看起來有點睏。比起上次在公園見面的那晚，小忍的臉色蒼白許多，甚至比手腕的繃帶更慘白，幾乎是冰塊般的透明。她發現大地來了之後，閉上雙眼、雙唇顫抖。

「錄影帶你看了嗎？」

大地搖搖頭。

「沒看。送來我這兒的那捲，長度只有十分鐘，完全看不懂。」

星探擅長撒謊。我站在小忍的腳邊。

「阿誠，不好意思，又給你添麻煩了。」

她的雙眼緊閉，掉下眼淚。我回說不要緊。小忍用不帶感情的聲音說：

「昨天晚上我收到兩捲錄影帶，一捲上面寫著大地的名字，另一捲則是給我的。你那捲只有十分鐘，不過我那捲有一個半鐘頭。同時還收到一封信，上面寫著如果我不想讓大地或我爸媽看到那捲較長的錄影帶，就要再去一趟事務所，還說這次會讓我在更賺錢的店裡工作。我已經不能再給大地添麻煩了，又不知道該怎麼辦，所以就在浴缸裡割腕。大地，對不起。」

對於總是在道歉的小忍和自由線的臭小子們，我實在氣得快抓狂了。等我一回神，才發覺自己在對打點滴的病患大叫。

「大地，我不會跟你道歉，想想這一切全都因你而起，都怪你寵壞了每個女生，才會變成這樣。該是時候給自由線一點顏色瞧瞧了。小忍妳也要有所覺悟，就算身為女人，也不能不敢承擔責任，別再說什麼不想讓爸媽知道的話。勇敢挺起胸膛吧，妳才是受害者。這下一定要讓他們好看。」

大地眼神惶恐地抬頭看著我說：

「但是他們人多勢眾，還有黑道撐腰。」

我語調變得急促地說：

「大地，去把之前的一百萬領出來，我倒是要讓自由線認清這世上還有更可怕的事。」

大地的視線在我和女人之間飄移。一直默默緊閉雙眼的小忍把眼睛睜開，原來炙熱燃燒的眼神不只在卡通才會出現。小忍率直地表現出怒氣。

「阿誠，真的辦得到嗎？如果能毀了自由線，要我怎樣都可以。」

我稱讚她是個乖孩子，然後想要摸摸她的頭。大地卻面露難色。

「錢沒有問題，不過要怎麼做？」

我在白淨的病房裡拿出手機。

「看著好了，比起池袋這些學生社團出來的混混，一山還有一山高。今晚就讓大浦胸前的小鐘響個不停！」

我在手機的通訊錄裡，尋找G少年的頭目——國王。正打算撥出時，一片靜默的窗簾後方，傳來一位阿姨的聲音。

「醫院裡禁止使用手機喔。」

我只好把手機放回口袋，走出病房。

我出了醫院的停車場之後，才打電話給崇仔。電話接通，他一聽到我的聲音，馬上變成國王，高傲的語調宛如來自南極，非常冷酷。

「今天一整天，可否借給我G少年的精英？」

他的聲音變得更加冷峻，或許是因為樂在其中吧。

「阿誠，這次又想幹嘛？」

「想搬空一間事務所，裡面的人就隨便你們處置。」

崇仔低聲笑起來，大概是喜歡「隨便」這個詞吧。

「聽起來挺好玩的。怎麼不找警察？」

「他們黑到底了，沒辦法拜託警察。」

國王理所當然地說：

「想拜託我辦事，錢準備好了嗎？」

大地這時也走出醫院，我看著星探的臉說：

「嗯，準備了一百萬，人數請大約派個二十人。」

崇仔開心地說：

「瞭解。這是一份好差事嘛！我一直很想讓G少年做做像東京地檢署的搜查工作。需要瓦楞紙箱吧？」

我對著大地比出G少年的手勢，他不敢置信地看著我。我跟池袋的混混國王說：

「沒錯，可以麻煩你準備搬家卡車和五十個瓦楞紙箱嗎？」

我摟著一臉狀況外的大地的肩膀，朝東長崎車站前的都市銀行走去。跟崇仔約好見面再詳談之後，就掛了電話。

用別人的錢打仗真是開心。我第一眼看大浦的黑襯衫、銀鐘項鍊墜飾就非常不順眼，之後再看到他出現在錄影帶裡，更加令人憎惡。

真想瞧瞧他全身被扒光後的表情，絕對是那晚值得一看的戲碼。

把錢交給崇仔後，會議在將近三點前結束，然後就先解散。傍晚六點天色還亮的時候，大家在綠色大道集合。全家便利商店前停著一輛可載重四噸的大卡車，G少年不知從哪兒冒出來，聚集靠在護欄、柵欄上。大家打扮得就像某間搬家公司的打工仔，穿著整齊一致。

大地和我、崇仔和五個G少年在第一線，乘坐便利商店旁的電梯上樓。自由線事務所所在的那個樓層和逃生樓梯間都布滿G少年，其餘的成員則是負責將瓦楞紙箱與膠帶搬上樓。

擔任前鋒的大地走過短短的走廊。這棟細長型建築物蓋在狹小土地上，一層樓面只有一家公司。鐘型圖案的門牌貼在防火鐵門上，我看了崇仔一眼，小聲地說：

「走。」

國王優雅地點點頭，其中一名G少年用力打開門，六個人便瞬間湧入事務所，我和大地緊跟在後。檔案櫃像屏風般擋在眼前，對面是塑膠沙發組，牆邊放著四張桌子，但看起來已經閒置很久。這裡沒半個人。

G少年步伐謹慎，悄悄打開事務所後方的門，崇仔一夥人迅速竄入。現場有個裸女嘴巴被塞住，手腳被按住，還有一台架在三腳架上的攝影機。實際看到的布幕不是錄影帶裡的白色，而是有點髒髒的灰色。

看來大浦是第一個完事的，黑襯衫邋遢地披在身上。他一發現我們就大叫，事務所其他人像是凍僵一樣動也不動，只聽見裸女的哭泣聲。

「你們是誰？以為這是哪裡？」

崇仔無視於大浦的存在，轉頭問我：

「就是這傢伙嗎？」

我點點頭。

「大浦，警察都來打過招呼了，你還敢靠著黑道的勢力繼續惡整！聽說小忍忘了帶走她不怎麼喜歡的試拍錄影帶，所以拜託我們來找一找。」

事務所的負責人把手機貼在耳邊大叫：

「你們在幹嘛？趕快把她放了。」

有個男生負責壓住女生的雙手，她的兩腳旁邊各有一個男生，還有一個脫了牛仔褲、露出屁股的男生，現場只有四個職員。之前在停車場當前鋒的黑人頭放開女生的手之後，撲向旁邊的G少年。崇仔一陣小助跑，朝黑人頭的後腦輕巧使出一記完美的飛踢。我沒現場看過職業摔角，而且這還是第一次親眼看到業餘者踢得那麼高，真是太屌了。黑人頭被踢倒在牆邊，動彈不得。G少年把他的雙手反綁，迅速予以制伏。

其餘三個男生在三十秒內就被街頭的混混精英搞定了，兩人一組負責把他們壓在地板上，用繩索綁住他們的手腳。其中只有黑人頭展現戰鬥的欲望，其他人了無戰意，像綿羊般乖乖倒在地上。大概是因為還沒從剛才侵犯裸女的場面回過神來，根本搞不清東南西北吧。性與愛同樣令人盲目。

女生拿回自己的衣服迅速穿上，衝出房間，離開之前還用手上的高跟鞋鞋跟用力敲了黑人頭，鮮血從蓬鬆的髮間滲出，不過根本沒人在意。

大浦發抖的背脊緊貼在牆上，用完全不同於錄影帶的聲音說：

「你們算哪根蔥？明知道有紀流會幫我們撐腰還敢這樣？走著瞧吧！」

崇仔微微一笑，筆直地朝他走去，像是把蟲趕走般輕快地一拳打在大浦的臉頰上。光是這樣，他就沿著牆壁飛了兩公尺遠。我撿起他掉落的手機，交給大地。大地把它丟在地板上，用腳下的籃球鞋踩碎這款最新型的照相手機。

我最愛這種機器被弄壞的聲音了。

⚜

瓦楞紙箱裡塞滿了影印紙、電腦、錄影帶，大家合力一箱箱搬出去。看來這裡幾乎不需要什麼文書作業，最多的就是錄影帶。G少年將攝影器材、燒錄機等物品一一搬走。

所有東西都被搬光之後，自由線事務所的空間突然變大了，這時門口附近傳來男人的說話聲：

「這是怎麼搞的？」

難道他以為自己是《向太陽怒吼》戲裡面演警察的松田優作❽嗎？接著，穿著黑色西裝、有點O字腿的中年男子走進來。他的左肩較垂，呈現奇怪的角度。坐在地上的大浦朝著男子大喊：

「宇佐美大哥，麻煩你解決這幾個傢伙！」

這個娃娃臉中年男子試圖嚇唬我們，大聲地說：

「喂，誰是頭頭？你們不知道這裡是紀流會的地盤嗎？」

崇仔聳聳肩，小聲對我說：

「真是囉唆，乾脆直接動手。」

我笑笑地阻止國王，對男子說：

「請問你就是紀流會的宇佐美大哥嗎？一切說來話長，可以麻煩你跟我們大哥聊聊嗎？」

我拿出手機，搜尋猴子的電話。中年黑道大哥的眼神稍顯不安。

「你大哥是誰啊？」

「關東贊合會羽澤組系冰高組代理會長的齊藤富士男，他是我中學同學。」

---

❽活躍於七〇、八〇年代電影及電視圈、已逝的性格派男星，本名為金優作（其母為韓國人），橫跨七〇年代的長壽電視劇《向太陽怒吼》是他的成名作，當年受到戲裡的主要演員石原裕次郎提攜參與演出，並以偵探片、警匪片展開他的演員生涯。他的兒子松田龍平和松田翔太長大後都成了知名演員。

宇佐美搔搔頭，看著天花板說：

「原來是冰高組的齊藤大哥，那麼你就是水果行的阿誠囉。唉呀，我突然想起來還有事情要辦。大浦，你可別胡亂鬧事喔。」

他步出事務所的背影仍然奮力虛張聲勢，搞得崇仔、大地和G少年們都彎腰捧腹大笑。虧大浦每個月都繳交保護費，也難怪他現在嘴巴不知在念念有詞什麼。

搬出最後一個紙箱，是二十分鐘後的事。

那天晚上，大家分工確認錄影帶的內容，看了許許多多裸女，數量多到令人生厭。或許有些男生不以為然，但是淚眼婆娑、充滿恐懼的表情，對我而言一點都不性感。檢查錄影帶這件事除了痛苦之外，沒有別的。

發現小忍那捲較長錄影帶的是大地，在四疊半的房間裡，我們用自由線搜來的機器，複製了一捲寄給警察。小忍一旦提出被害告訴，附上這捲錄影帶的話，池袋警察署就能馬上行動。

還有一個可以利用的就是媒體，我們一邊努力燒製，一邊剪輯女生被強暴的濃縮版錄影帶。專業剪接設備最方便的一點，就是可以加上馬賽克。跟一般的AV不同，男生的性器官就不加掩飾了，只在他們的臉上打馬賽克。這捲讓人想吐的濃縮版錄影帶在黎明時完成了。

最後，只需要將自由線的公司簡介一起傳真給各媒體就大功告成。在這個我和大地倒頭就睡的秋日清晨，我暗自發誓，這輩子再也不看這種偷拍錄影帶。從前恨死螢幕上的馬賽克，現在卻愛上它了。人體稍微遮掩一下，還是有好處的。

關於自由線造成的社會震撼，我想大家比我更清楚。經常出入事務所的成員當中，有八個是明星大學的在校生，八卦雜誌爭相報導他們的真名與背景。據說他們被學校開除了，對此我一點也不同情，既不同情他們本人，也不同情他們的父母。因為我在短短一個晚上，被迫看了難以計算的衝擊影像。看了他們所有人的陰莖之後，根本不會有酌情減刑的想法。

池袋警察署生活安全課逮捕了大浦。強暴、傷害、恐嚇、誘拐未成年等等，不知有沒有哪家報社猜對他到底有幾項罪名。至於我，當然希望他在監獄鐵條裡面關得愈久愈好。

關於這位負責人，最讓我訝異的是媒體所挖出的高中照片。那天在收看晚間新聞，一轉台，一個羞澀內向少年抱著狗的畫面映入眼簾。那是一隻白色的狐㹴犬，少年穿著牛仔褲與藍色高領毛衣。正在思考這人是誰的時候，就看到旁邊的字幕寫著「嫌犯自由線負責人大浦秀光（二十六歲）的高中照片」。

看起來是個沒有女人緣的清純少年，沒想到幾年後居然變成一頭怪物。時間的流逝真是毫不留情。當然這一切都是大浦自找的，不過任誰也想不到這個少年的將來居然如此不堪。

小忍挺身而出，在法庭上指證自由線的犯罪行為。她似乎還住在東長崎，不過打工地點從池袋換到新宿了。因為身邊有人認為會發生這種事，讓人有機可趁的被害者也難辭其咎。

小忍用力打了說話的口氣讓人不舒服的店長之後，就辭掉五叉路口的咖啡廳工作。這次打工的店是一家位於新宿車站南口的新咖啡廳，這裡沒有人知道她的過去。最後，小忍並沒有跟大地交往。

我覺得這樣很好，因為大地不是個能負荷小忍那種死心眼女孩的男生。我跟他一起走在太陽60通，總覺得他在距離地面五公分處飄浮著。

在他身邊完全能感受到來自女生的目光，她們都把我當成透明人，灼熱的視線全都集中在大地身上。我想這絕對是星探的光榮，同時也是一種詛咒吧。

大地現在還守在五叉路口，變化最大的就屬衣著打扮，沉穩的深色西裝和領帶取代了經典搖滾T恤和牛仔褲。他露出燦爛的笑容，遞給我新名片。

「我也進了事務所，不過跟特種行業無關。這家公司是模特兒經紀公司，專門發掘女生當明星。雖然靠女人吃飯這一點跟之前沒什麼兩樣，但誰叫我除了跟女生搭訕之外什麼也不會。」

我拍了拍與大地莫名相襯的外套肩頭說：

「不去原宿，在池袋發掘得到明日之星嗎？」

大地繼續坐在護欄上，抬頭望著櫸木行道樹上方的天空。雲朵、太陽都在遙遠的天空另一端，冷颼颼的風吹著，告知夏天的尾聲已結束。

「阿誠，你不知道嗎？現在漂亮美眉都聚集在池袋。柴崎幸、優香都是在這裡被發掘的。」

唉，原來是我不長眼，已經在池袋住了二十年以上，卻從來不曾看過那樣的美女。我們總是只注意自己想找的東西。趁著嚴冬來臨之前，我也來認真找找不算太差的女生吧。

再怎麼說，持續站在街頭這種差事，我可不會輸給星探。

一定可以的，屬於我的隕石總有一天會從天而降。

要是不這麼想，就無法在這個荒唐的地方生活下去吧。

池袋ウエスト
ゲート
パーク

傳說之星

你周遭的親朋好友當中有沒有明星？

我指的不是在午間八卦節目，重複說些沒啥大不了的評論的藝人；也不是透過電視廣告販賣時尚生活風格，讓人搞不清專長是啥的藝人。我說的是散發光芒劃過半個天空、為某個時代染上色彩的星星，也就是讓地面上的人們像傻瓜一樣張口仰望、在心中留下一道炫目軌跡的流星。它們無比高溫、無限耀眼，燃燒殆盡也無所謂；掏空自己，綻放光芒。

如同某句成語，為了發光發熱而燃燒自己（BURN TO SHINE，還是說這並不是成語）。無論是誰，都必須靠自己調整所需燃料，若是跟別人借燃料來燒的話，像我這種對媒體不在行的人，一定馬上就露出馬腳了。可惜如假包換的星星實在太短命了。

這個冬天，我在池袋街頭遇見從我出生前就橫越天空的英雄。別以為二十五個年頭早讓他化成灰了，其實他還在池袋大橋旁的空地發光發熱，將附近的水分化成水蒸氣。那個年代的大叔，韌性真是驚人。

我從他身上學到許多，例如不管幾歲都得拚命擺出架式，不然怎麼向顧客兜售夢想，矇騙那些冤大頭；還有，如何在最後的關鍵時刻用王牌一決勝負。就拿我當例子來說吧，不知道後來是哪家銀行幫我付了這筆將近兩億日圓的昂貴學費。

報上說最近的小伙子行善作惡都太過直接，一點都不內斂，欠缺些許風格和諷刺的黑色幽默。同樣要過這條罪惡之橋，我認為大可參考這位大叔的行事風格或耍狠招式，畢竟淨做些諸如偷竊車上物品、搶劫這種原始罪行，也沒有未來。

我想他大概一邊唱著二十五年前的流行歌，一邊在地球的某處旅行。自從收到一封他寄自南方國度的明信片之後，他的行蹤就成謎。但是就算我知道，大概也不會說出來。我想直到他燃燒殆盡的那一刻為止，繼續高明地逃亡也不錯吧。

因為流星實在與監獄鐵條不搭。

⚜

有人說東京已經沒有四季，只剩三季了，炙熱島嶼城市的冬天不見了。今年的新年豔陽高照，大衣在池袋根本派不上用場。我在西一番街水果行，將富士蘋果、橘子排放在塑膠籃中，背脊沐浴在陽光下。將近一個小時之後，整個身體像是一顆太陽能電池，即使待在寒意襲人的四疊半房間也不需要開暖氣。除了從元旦開始特賣的西武百貨之外，新年的街頭非常寧靜。唯一充滿殺氣的地方，就是賣福袋的專櫃，那裡上演著一場老百姓渺小夢想的爭奪戰。此時，糾紛和麻煩就像東京冬季天空中的雲朵一樣稀少。

雖然我家的水果行元月二號就開市了，不過一如往常，充滿了不帶勁的氣息。我把去年年底進貨的水果排好，愈晚出現的冬季水果愈是主力商品，只要擺放時注意不將多汁草莓的白色碰傷處露出來就好了，接著撢一撢灰塵，一副賣的不是年底存貨的樣子，真是輕鬆的生意。

不過每天開店做生意，有時難免會碰上一些怪傢伙。所謂來者是客，這是服務業有趣的地方，同時也是讓人頭痛的部分。

因為再怎麼討厭的傢伙，也不能對他說不。

一輛大得跟兒童泳池沒兩樣的福特雷鳥緩緩駛入西一番街時，我在店裡望著馬路，進行擅長的哲學思考。五〇年代美國車特有的長鼻頭首先探出，直至尾翼完全現身為止，感覺像是播了一首老歌那麼久。保養得亮晶晶的氣派敞篷車，車身是奶油色，一種沉穩內斂帶黃的白。鍍鉻零件閃爍著新車般的光芒，紅色皮椅活脫脫像是從電影《火爆浪子》❶現身。這部車子具有一種力量，足以奪走周遭空氣裡的現實感。

這部雷鳥為什麼停在水果行門口？我注視著好久不見的白邊輪胎，以及大概是我第一次見識到的多幅式輪圈，正目瞪口呆看得出神時，一位戴著粉紅色太陽眼鏡的超現實駕駛對我說：

「這家店有沒有一位叫真島誠的？」

此時我的下巴還合不起來，因為池袋沒有哪個中年男子會穿蛇皮夾克，而且雖然沒見過面，但總覺得他有點面熟。男子身旁坐著一位披著白色皮草大衣、洋娃娃打扮的年輕美眉，她一直盯著我看，有點像是在小甜甜布蘭妮身後伴舞的舞群。她一邊嚼著口香糖，眼睛半張，發射出冰柱般的性感電波。

「我就是，有何貴幹？」

---

❶ Grease：一九七八年由約翰．屈伏塔和奧莉薇亞．紐頓－強主演的青春歌舞片，這部電影與前一年上映、同為屈伏塔主演的《週末夜狂熱》推出後，電影中的裝扮、迪斯可舞蹈迅速在當時年輕男女之間流行開來。

在我努力思考他究竟是何方神聖的同時，老媽的尖叫聲從樓梯傳來。

「您該不會就是神宮寺貴信……唱〈淚的交流道〉的那一位！」

難怪我覺得似曾相識。神宮寺貴信在七〇年代的最後一年，以一首曲子創下百萬張的銷售佳績，之後跑去當演員，大部分的角色都是流氓或像流氓的警察。也有在一些模仿秀裡，邊唱歌邊從搞笑藝人的背後登場。當然這些都和我沒有任何交集。神宮寺微笑著跟老媽說：

「您是阿誠的大姊嗎？我有話跟阿誠說，方便借一下嗎？」

老媽穿著老氣的過年和服，哪裡看起來像我姊了？她匆忙地下樓，站在雷鳥車旁。

「您好，我是阿誠的媽媽。我和他那死去的爹都愛死了〈淚的交流道〉！真是承蒙您的關照。」

完全搞不懂他關照些什麼了？老媽回頭跟我說：

「不用顧店了，趕快去幫神宮寺先生。」

怎麼說我的工作都不是因為老媽一聲令下才去做的，不過比起門可羅雀的顧店工作，這絕對是件好差事。我點點頭走出門口，神宮寺馬上用下巴指指前方，示意要我上車。

「這是雙門車，你們沒人下車，我要怎麼上車呢？」

披著白色皮草的女子繼續一邊嚼口香糖，一邊看著我。

「咦，你沒看過電影嗎？這種車得從側邊跳進後座，或者你想戴著綁帶女帽、跳著搖擺舞進來也可以。」

輸了。我把手放在車身上，身體一斜，落在柔軟的紅色皮椅上。一旁是貼滿貼紙的老舊吉他盒。此時，老媽在店門口扯開嗓門大叫：

「阿誠，帥翻了！」

真是夠了，我老媽最會跟相聲藝人亂扯一通。我坐進皮椅深處，躲在雷鳥後座，接著跟神宮寺說：

「拜託你趕快開走吧。」

將車子入檔之後，他對著老媽說：

「下次我會來池袋唱歌，到時妳要來喔，寶貝。」

雷鳥緩緩轉出西一番街的石子路。真是一個品味廣泛的男人，我呆呆地盯著他後面頭髮較長、留著洛·史都華髮型的腦勺。

❦

這實在是一輛引人側目的車子，我光是坐在車上，就有一種被人看猴戲的感覺。半個世紀前的雷鳥穿過常盤通的特種行業街、架著JR鐵道的池袋大橋，冬季乾淨清澈的天空裡，聳立著宛如現代雕刻般的白色六角形煙囪。一種無意義的美；或者應該是說，美並不具意義。神宮寺把一隻手靠在門上，古董順著坡道下滑，他看著前方說：

「池袋也變了，到處都翻新得亮晶晶。」

這大概是年長者的率直感想，我想應該不需要特別答腔。

「在我那個年代，這裡的街道全被所謂池袋皇帝的暴走族給占據了。他們到處亂塗鴉，甚至連豐島區公所、警察署都不放過。」

神宮寺感傷地眺望兩旁高聳大樓之間的深谷，稍微回頭看了我一眼說：

「聽說最近被一群街頭混混掌管了，只有他們才能使喚這裡的年輕人，是吧？」

我漸漸聽懂他要表達的，他一定認為我是能夠接近街頭國王的少數代理人之一，看來下次乾脆開始收賄吧。

「是啊，現在不叫池袋皇帝，叫做G少年。」

神宮寺一點頭，後面的長髮就跟著搖擺，金髮的顏色接近玉米鬚的黃色。

「原來如此。不過我想就算名字改了，做的事情應該大同小異吧。」

我雖然不清楚從前的暴走族，但是年輕小伙子幹的勾當應該千年不變吧。車子開在長長的路橋下坡路段，神宮寺透過後照鏡確認後方沒有車子跟上來之後，將車速降到跟走路差不多的程度。

「你看得到那邊的空地嗎？」

一塊空地籠罩於路旁大樓的陰影下，有些水泥塊和幾叢雜草，周邊圍著波浪型金屬板，看起來占地頗大。我點點頭，他繼續說：

「這裡大約有兩百坪，我打算蓋搖滾博物館。既然有咖哩、拉麵博物館，那麼有座搖滾博物館應該也不足為奇吧。阿誠，你也喜歡音樂吧？」

只要是好音樂，不管哪一類我都喜歡，不過我習慣性地慎重回答：

「我不討厭。」

雷鳥下了池袋大橋後右轉，往剛才那片空地駛去。神宮寺單手轉動細細的方向盤。

「現在的日本音樂，完全只屬於小朋友，變成十多歲年輕人旺盛性欲的替代品，被視為一般的消費品。現在那些歌唱節目根本就是小孩的天堂，就像被大人操縱的洋娃娃一樣，比起唱歌或創作的，製作人還比較有權勢，真是被打敗了。」

❦

白色敞篷車停在空地前面。神宮寺下車之後，皮草女也跟著下車。他們從像是少了一顆牙的圍籬空隙處進入空地，我跟在這位雙腳像棍子般又細又直的皮草女後頭。

神宮寺坐在印有某建設公司名字的箱子上，女生挺著胸部站在他身旁。她的手腳明明很細，胸部卻跟手球一樣圓滾滾的。我對她說：

「請問妳的名字是？反正妳總是會跟他一起出現。」

她瞪著我。神宮寺開口說：

「我還沒介紹嗎？她叫米蕾，是我的合音。她不只靠這張臉，歌唱得才棒呢。」

米蕾笑了那麼一下下之後，馬上又恢復女受刑人似的表情。我沿著圍籬邊走邊說：

「我已經知道這邊要蓋搖滾博物館了，但是為什麼需要G少年的幫忙呢？」

神宮寺將手臂環繞在米蕾的腰間。在散落著水泥碎片、有如廢墟的空地上，過氣的搖滾歌手與打扮得像娼婦的女人真是絕配。抬頭一看，周邊的大樓與天空儼然是宣傳海報的背景。

「自從泡沫經濟瓦解之後，銀行的貸款條件愈來愈嚴格，如果提不出真正會賺錢的企劃書，他們才不會借你一毛錢呢。當然，我們早就準備了相當不錯的企劃書，但如果可以讓他們瞭解這裡的集客力，就能給金主留下更深的印象，絕對有利無害。」

神宮寺站起身，踢了腳下的砂石。他穿著前端有金屬片的西部靴，以及暗粉紅色的燈心絨褲。

「我打算往地下挖深一點，蓋個LIVE HOUSE。一樓是搖滾咖啡廳，二樓是CD唱片行，三樓是錄音室，學生可以用學生價租借這裡最新的設備。對了，還會有一間獨立品牌唱片公司的辦公室。頂樓則是我住的地方。所謂的搖滾，都在這棟大樓裡。我希望讓一些有實力卻被這個時代遺忘的樂團上台表演，藉此改變日本的音樂，就算慢慢地改變也無妨。」

在這片潮溼的空地上，我試著想像這棟建築物完成的模樣，一個新地標即將在天橋旁邊誕生。我猜人潮的動線也會有所改變吧，逛完P'Parco❷的Tower Records之後，大家就會往博物館這邊走來。到時，池袋會成為傳播最新音樂文化的地方。

「聽起來很不錯。」

「順利的話就太棒了。這算是我最後一個工作，一定要想辦法讓它成功，畢竟我已經投下大筆資金了。」

我看著滿是厚厚汙泥的圍籬說：

「這裡一直是塊空地，地主是你嗎？」

神宮寺聳聳肩。蛇皮夾克的優點說不定就是做這個動作時，看起來不會不自然。我也該準備個三十萬，買一件來穿穿。

「不，地主是別人，是一間小房地產公司，我們是這項計畫的合夥人。」

聽起來並沒有可疑之處。

「你打算何時模擬表演呢？」

「這個星期六。」

我吹了一聲口哨，那只剩三天了。

「得召集多少人呢？」

神宮寺目測一下空地面積。

「不要看起來稀稀疏疏就行了，我這邊也會找五、六十人，所以我想兩百名G少年應該就夠了。」

「會向警察報備申請嗎？」

神宮寺不經意地露出微笑，米蕾立刻將性感電波調到輕蔑頻道，對著我掃射。

「怎麼可能？二十分鐘之內唱個四、五首，然後就立刻閃人囉。就是打帶跑的即興假表演。當然，在那之前會好好招待銀行那邊的人。」

「只剩酬勞的部分，你能出多少？」

原來是這麼一回事。對G少年而言，這樣也比較沒有負擔，就像是演唱會的臨時演員。

神宮寺老神在在地笑了一下。

「現在手頭有點緊，所以包括給你的介紹費，大概可以付一百萬。你覺得如何？」

❷パルコ：池袋有兩間PARCO商城；一間是離JR池袋站較近、於一九六九年開幕的PARCO一號店，另一間則是離JR池袋站稍遠、於一九九四年開幕的P'Parco分館。P'Parco的鎖定的客層明顯偏向年輕族群，位於五樓的淘兒唱片就是其中一例；自二〇一四年全新裝修後，更邀請經營網路平台有成的NICONICO動畫的總公司和《新世紀福音戰士》的官方旗艦店Evangeline Store Tokyo-01進駐新分館。

我一如往常地說：

「我不靠這吃飯，所以不用付我錢。如果你沒錢，我會轉告G少年的國王，要他盡量算便宜一點。」

神宮寺此時才第一次正眼看我。我們的眼神相會時，他用一種我無法解讀的表情說：

「不用給你錢啊……這種人反而最危險呢！我再想想該怎麼謝你吧。那麼週六正午就麻煩你囉。」

大致就這麼說定了。我們在沒有任何人的空地交換彼此的電話號碼，然後從圍籬的空隙跨出去。

突然間回到必須時時留意才不會與路人碰撞的人行道上，感覺好像轉移到另一個世界。圍籬的那一端，是一座尚未實現的搖滾樂園。

⚜

婉拒了神宮寺載我回店裡的好意，我一個人走在東口的霓虹街道上。新年的白天，色情按摩院、偷窺色情小屋、陪酒俱樂部的霓虹燈還是亮著。這些特種行業的店門口，也掛著吉祥的門松，並在地面灑水，這就是爽朗的池袋新年光景。

我一面往WEROAD❸走去，一面拿出手機。崇仔電話號碼的儲存位置連手指都背起來了，不用看手機畫面就能撥出。接通之後，我報上名字。國王的聲音連在暖和的冬天都像冰柱一樣。

「怎麼了，阿誠？」

我非常開心地說：

「新年快樂。」

才說了這麼一句話就被掛斷。搞什麼嘛？我馬上按了重撥鍵。崇仔的聲音聽起來完全沒有反省的樣子：

「我說過好幾遍，講重點好不好。這次又怎麼啦？」

真是不懂幽默的國王。我嘆了口氣說：

「崇仔，你聽過一位叫神宮寺貴信的歌星兼演員嗎？就是唱那首很紅的〈淚的交流道〉。」

「沒聽過。」

我本來想唱大家都聽過的副歌給他聽，但要是又被掛斷的話，我一定會很受傷，所以還是作罷。

「好吧。總之他打算這個星期六，在池袋大橋旁的空地來場假表演。時間是中午十二點，只要二十分鐘。神宮寺說他要在那邊蓋座搖滾博物館，想讓負責貸款的銀行瞧瞧集客力。」

G少年國王的聲音聽起來覺得有點無聊。

「居然是這麼和平的事件。從去年秋天開始，我們就沒啥活動，偶爾也來點辛辣的嘛。那需要多少人？」

一手拿手機走路的我，被一個穿迷你裙的女生搭訕，原來是最近僱用愈來愈多韓國妹、中國妹的店家。

❸ウイ・ロード：連結池袋站東口和西口的地下行人專用道，正式名稱為「雜司谷隧道」；其中W和E既為西口和東口的英文縮寫，也代表「很多人通行、我們的道路」的意思。隧道內和出入口常聚集許多街頭藝人、歌手和露宿街頭者（隧道內設有公共廁所，還有個對應的名字叫作「We Topia」），多年來已成為池袋著名的地景。

「要不要『安』摩？很舒服喔。」

我以單手揮揮，把她趕到另一邊去。她隨即重展笑顏，詢問另一個路人。

「兩百人。」

「酬勞呢？」

我想起神宮寺現金短缺的狀況，會想蓋搖滾博物館的人，至少非常有心。

「聽說他沒什麼錢，大概只能出個八十萬。」

崇仔不太熱中地說：

「這樣啊。」

「週六中午每個人花三十分鐘，就可以拿四千左右，其實也不差。」

崇仔的口氣聽來一副「隨便吧」的樣子，這的確不是一件需要國王思考的重要事件。

「好吧，反正我也沒事，會順道去看看。拜。」

交易完成。我決定下次就要開始收仲介費，這世上什麼都得靠關係、安排，畢竟這是個製作人的年代。

⚜

週六是個大晴天，其實東京從十二月中旬開始就沒下過雨。如果我沒特別描述天氣的話，就把那天當成晴天準沒錯。

水果行平常都是十一點左右開店，不過因為老媽也想去看神宮寺的表演，沒有人顧店，所以只好延後開店時間。我丟下正在濃妝豔抹的老媽，提早三十分鐘出發走去東口的空地。

比起上次，今天圍籬的空隙處大多了，空地後方用鐵管和板子搭了一座臨時舞台。這時已經聚集了一半的觀眾，男生穿著褲襠超低的牛仔垮褲，以及大猩猩都穿得下的特大號運動上衣與外套；女生穿著小兩號的整套運動衣褲，強調凹凸有致的身材，其中也有人上半身只穿塞了胸墊的比基尼。他們該不會以為這是雷鬼樂夜店吧？G少年和G少女彼此以豎起大拇指的姿勢握手。另外有一小群穿著深藍色套裝的團體。

我繞到舞台後方，有一個肚皮鬆垮、留著雷根頭❹的彪形大漢擋在入口。拜託各位男士上半身別什麼都不穿、只套件皮夾克，讓人看了就覺得邋遢。我對著保鑣的胸毛說：

「我叫真島誠，我要找神宮寺大哥。」

「阿誠，你來啦。」

神宮寺還是蛇皮夾克的打扮，肩膀掛著白木FENDER TELECASTER電吉他。接著他遞給我一只滿厚的信封袋，我把它直接塞在牛仔褲的前方口袋。

「說不定裡面只是報紙，你不確認一下嗎？」

我默默地點了頭。信賴一個人的時候，也只有完全相信了，畢竟怎麼懷疑也無法猜透對方心裡所想

---

❹ Regent hairstyle：劉海往後高高梳起，兩側的頭髮也往後梳的髮型，於一九五〇年開始流行起來，貓王艾維斯．普利斯萊梳的雷根頭為最著名的代表。

的。神宮寺好像看到什麼刺眼的東西一樣，瞇著眼看我。

「我也曾經跟你一樣。幫我向G少年的國王問好，然後好好享受今天的表演吧。」

神宮寺撥弄了一下沒插電的吉他弦，發出風鈴般清澈的聲音。當吉他琴頸與琴身交接處輕輕碰到側腹時，他誇張地皺著臉說：

「痛痛痛……」

我覺得奇怪，便問他：

「怎麼了？神宮寺大哥，你哪裡痛？」

他按著側腹抬起頭，笑著看我。真是一張迷人的笑臉，說不定他就是用這招騙到那個年輕的合音女生。

「沒什麼，大概是闊別舞台三十年後，登場前緊張得肚子痛吧。拜拜，幫我問候你媽媽。」

⚜

我在舞台正前方占到位子，全場不提供椅子，是一場冬季露天迷你演唱會。我右邊是崇仔，慘的是左邊站著我老媽，她穿著我的飛行皮夾克，還有不知從哪裡挖出來的超級緊身牛仔褲，腳上踩著一雙紅色亮片涼鞋。崇仔在我耳邊說：

「你老媽該不會是當年池袋皇帝的女人吧？」

我用不輸給國王的威嚴語調回答：

「下次你再對我媽發表任何評論，我連你也殺，崇仔。」

崇仔笑笑沒說話。無論誰都有覺得羞恥而想要保密的部分嘛。此時男人們登上只有一套鼓與擴音器的舞台，他們分別是兩個吉他手、貝斯手與鼓手的四人樂團。沒有先向觀眾寒暄幾句，在鼓手以鼓棒敲打four beat之後，〈淚的交流道〉的前奏就出來了。老媽在我耳邊大叫：

「阿貴——」

真是夠了。我看了一下周圍的觀眾，一首大家耳熟能詳的暢銷曲，果然特別來勁，本來安安靜靜的觀眾也跟著搖擺身軀，三百個年輕人往前擠，雙手打起拍子。

神宮寺以沙啞的嗓音開始唱。不知他唱過幾千次了？聽起來遊刃有餘，也確實傳達了一輩子一首成名曲的震撼，該怎麼說呢，整首歌從頭到尾實在是天衣無縫。歌詞的大意是：

決定分手的戀人開車兜風，充滿回憶的高速公路延伸至夜空的彼端。下一個交流道出現時，就駛離高速公路回家吧，就在那兒說再見。明明已經說好了，男生和女生卻都無法改變車道。車子持續奔馳在夜空下，兩人的手在排檔桿上緊緊交疊。接下來就是副歌的部分：

淚的交流道，誰也下不了的交流道。

年輕主音吉他手的獨奏很鮮明。我看了隔壁老媽一眼，她眼眶泛淚朝神宮寺揮手。在我出生前的那個年代，這首歌不知為眼前的老大哥與老媽創造了哪些回憶？

音樂擁有瞬間超越時空的魔法，我訝異地望著舞台上的蛇皮夾克。

唱完〈淚的交流道〉，樂團沒有休息地直接唱下一首歌。這次是開朗的大眾搖滾歌曲，我隨著八拍節奏搖晃身軀的同時，瀏覽了演唱會的現場。

這裡有兩種觀眾，分別是黑人街頭風格的G少年和G少女，以及神宮寺召集的五〇年代搖滾迷。還有一群穿著西裝的男人，跟舞台前的觀眾保持著一段距離；他們應該不算是觀眾，工作的性質比較重。奇怪的是，銀行員老是愛穿沉穩的灰色或藍色雙排釦西裝。

另外還有一些穿黑西裝搭配原色襯衫或領帶，散發特種行業氣息的團體，或許是神宮寺提過的、經營房地產的地主那邊的人吧。但是不只他們，剛才後台的保鑣以及幾個瞇瞇眼的男人，也是完全不為音樂所動，直挺挺地站著。

我靠近崇仔的耳邊問：

「你認識那些人嗎？」

崇仔的目光並未離開舞台，直接回答：

「好像有看過，應該是重田那幫小流氓。」

重田興業是池袋數百個中小型組織之一，擁有幾間東口的特種行業店家，就算現在這麼不景氣，他們好像還能勉強生存。最近也真是不景氣到谷底了，為了度過難關，成員們還得去闖空門當起竊賊，完全顧不了自己的本行。

為什麼重田興業那種小角色，會出現在神宮寺的模擬演唱會呢？看起來不像是喜歡搖滾樂的樣子。三個男人倒像是嗅到獵物的獵犬，緊盯著舞台上神宮寺的背影。

第二首歌結束時，神宮寺好不容易才得以喘口氣，他握著麥克風說：

「今天謝謝大家來捧場，我們計畫在這裡蓋一棟搖滾博物館，目前進行得很順利。請大家看看後面。」

年輕人回頭，看到一群某家銀行穿西裝的男人。

「那幾位是負責貸款建設資金的銀行相關人員，跟你們一樣，他們也都喜歡搖滾。請大家給他們一點掌聲。」

這種時候，再怎麼堅毅的銀行員都會臉紅。神宮寺再次彈起吉他，把大夥兒的注意力拉回舞台。

「接下來是最後一首歌，請大家欣賞這首久違的新歌，曲名叫做〈出發〉。」

濃厚的雷鬼節奏揭開歌曲的序幕。內容頗為寫實，主角是個已經過了人生顛峰、開始走下坡的中年男子，歌詞描述他失去生活刺激感之後的人生。就算懷才不遇二十五年、苟延殘喘至今，面對無法預知的明天，依舊準備要出發。神宮寺這麼唱著：

拋開所有的一切，出發前進，
往天空與海洋那無邊無際的地方出發，

往沒有液晶螢幕的地方出發，

往小孩是小孩、男人是男人、女人是女人的地方出發。

神宮寺用盡全身力量唱出彷彿回到六〇年代的雷鬼抒情歌，這是一首讓聽眾不得不思考自己未來的歌。我轉頭看崇仔，想著這位池袋混混國王的未來會是如何？至於水果行顧店小伙子兼無名作者的我，又會擁有什麼樣的未來？眼神交會時，崇仔緩緩地對我點頭。

總之，只要跟神宮寺一樣擁有前進的意志力，一定就差不到哪裡去。這是一首讓人不禁這麼想的歌。我們不得不改變，因為再怎麼不願意，黎明一樣會到來。不管面對什麼狀況，積極接受一切的人，內心一定更堅強。

比起賣了百萬張的〈淚的交流道〉，我更喜歡這首新歌。

⚜

灌注全副精力於新歌的神宮寺，安可曲又唱了一次〈淚的交流道〉。這次是不插電版本，歌曲演奏更加沉穩，就好像吃完主菜後享受清淡口感的甜點。最後神宮寺呼喊了一聲「搖滾博物館萬歲」，接著就跟上台時一樣迅速地跑下舞台。

觀眾開始解散。崇仔看著我說：

「還真是不錯，尤其是那首新歌。」

我把神宮寺交給我的信封袋拿給崇仔。

「這是今天的酬勞。那的確是一首好歌。」

崇仔沒確認內容物，就把它塞進燕尾服夾克的裡層口袋。若這件是HELMUT LANG真品的話，價格肯定比我的月薪高。

「對了，我等一下要順便召開G少年會議，阿誠你要參加嗎？」

我的目光仍在搜尋消失於舞台後的神宮寺。

「不好意思，我今天不去，我還有點事。」

崇仔的冷酷眼神不輸給皮草女，他看著我說：

「別陷得太深，人家委託你的事已經順利完成了。阿誠，一股腦兒投入是個壞習慣。」

國王一說完，就步向已經在附近集合的家臣。聽完那首歌之後，我對神宮寺就是無法置之不理。無論迎接幾次新年，我還是這麼多管閒事。還是說，這不必要的操心其實是生活當中的刺激感來源？

⚜

跟崇仔道別之後，我往舞台的後方走去，重田興業的男人不知何時不見了。神宮寺一邊用大紅毛巾擦汗，一邊說：

「阿誠，你覺得如何？」

「很棒喔。」

神宮寺站起來伸個懶腰。

「好不容易剛暖身，但是怕警察來找碴，所以動作得快點。」

神宮寺兩側分別是保鑣和合音天使，大夥兒在雜草空地上，朝圍籬缺口走去。我對著神宮寺疲累的背影說：

「你要去哪裡？」

他回答時並沒有回頭。

「今天得回個禮給你才行，跟我來一下吧。」

⚜

我們四人來到走路只需幾分鐘的池袋西武百貨。雖然是星期六，但時間還早，所以客人不算太多。搭手扶梯到五樓，現在正值冬天換季特賣期間，神宮寺卻目不斜視地往最南邊的高級名品區前進，走進義大利男裝Ermenegildo Zegna專櫃。

這是一家我向來只會經過而不曾踏入的精品專櫃。他無視於滿滿一牆的西裝，筆直走到店後方某身影的跟前。店員似乎認識神宮寺，對他微笑寒暄。

我和平常一樣，穿著腰圍大四吋的寬鬆牛仔褲、CONVERSE籃球鞋、沒有牌子的深藍色T恤，還有一件特賣期間搶到的大外套，是件價錢不知有沒有一萬日圓的經濟緊縮時期的上等貨。

神宮寺從店後方大叫：

「喂，阿誠！要先量身，快點過來。」

我一邊在意球鞋鞋底是否沾有泥巴，一邊走在柔軟的地毯上，第一次走入這家店。

⚜

如同神宮寺所說的，量身就花了近三十分鐘左右。脫掉西裝外套、穿著襯衫的店員用布尺測量我的身體，把數字一個接一個記在板子上，包括頸圍、胸圍、腰圍、袖長、胯下等尺寸，人體實在有太多可以測量的部位。

神宮寺坐在皮革沙發上不時竊笑，對著緊張到臉上沒有任何表情的我說：

「第一次訂做西裝嗎？」

我點點頭。接著他對著鏡子裡的我說：

「我看過你的專欄，你對於池袋的內幕、謠言都調查得很詳細。你寫得很不錯，有朝一日想必能成就更大的事業，所以最好先準備一套好西裝。」

店員把一捆布料搭在我的肩上，摸起來像是喀什米爾羊毛或絲之類的義大利製西裝布料。

「只有這種貨色嗎？」

他對著藍底灰條的布料搖搖頭，接著說：

「你還不瞭解這個社會，這世上有一半的人不在乎你的內涵，他們只看外表判斷。不必為一套西裝大驚小怪，你的內涵絕對比這套西裝更有價值。」

店員離開去重新挑選布料時，我小聲地對神宮寺說：

「在這家店訂做西裝大概要多少錢啊？」

坐在沙發上的神宮寺笑著換另一隻腳翹二郎腿，米蕾眼神穩定地看著我，上半身只穿黑色皮夾克的保鏢好像非常厭惡西裝，用可怕的眼神瞪著吊掛襯衫的衣櫃。神宮寺完全沒有壓低音量的意思：

「反正是我要付的，你不用在意。雖然布料等級、設計都會影響價格，不過一般大約是三十萬日圓。」

我本來想出一半，聽了之後非常沮喪，因為我沒辦法把一個月的薪水全部花在一套西裝上。他好像察覺到我的氣餒，對我說：

「畢竟我比你多活一倍的人生，你就別在意價錢了。如果你覺得有所虧欠的話，等你年紀較長的時候，再回報給其他年輕人，而不是回報給我，就這樣吧。」

店員這次非常恭敬地捧來一點也不奇特的夜空深藍色布料，嘴裡說著「超級一五〇」❺什麼的。我根本不懂羊毛的優劣。神宮寺點點頭對店員說：

「就決定這個吧。」

神宮寺叮囑訂做細節時說了一些我聽不懂的話。他用金卡付款之後，我拿到一張寫了四週後提貨日期的收據。訂做西裝這檔事，正如他說的非常耗費體力，比起從日產小貨卡卸下總重約三百公斤的西瓜還累人。我兩手空空地走出西裝店。

回到西一番街開店做生意，店裡的收錄音機平常總是流瀉出古典樂，這天卻不停地播放神宮寺當團長時的樂團CD。光是這天下午，我就聽了不下百遍的〈淚的交流道〉。

不過讓我更啞口無言的是老媽，她一整天穿著緊身牛仔褲、紅色高跟鞋顧店。搞什麼嘛？害我覺得丟臉死了。

好不容易交給我一個人顧店時，終於可以換張CD。這一天，我從二樓四疊半的房間裡拿出霍爾斯特❻的《行星組曲》專輯。當初只有第四樂章〈木星〉有名氣，因為它是週日晚間電影節目的片尾曲；其實其他樂章也很不錯，譬如副標寫著「有翼的傳令神」的〈水星〉，或是配上女聲合音的神祕〈海王星〉。

當時我想聽的是〈土星〉，副標是「老年之神」。我認真思考等我到了神宮寺的歲數時，究竟是什麼模樣？會如他所說到時有一番什麼「大事業」嗎？或許二十年後，我還是一樣一邊插手管一些無聊的池袋糾紛，一邊賣著哈密瓜。

腦袋就這麼想著這些事。一月的晴朗午後真是漫長。

---

❺ Super 150：這是西裝按使用的毛料做出的等級區分，Super是指每平方英吋羊毛的經緯紗線數，數值愈大代表毛料愈細、薄、輕，一般標準西裝採用的是Super 120。

❻ Gustav Holst：二十世紀初的英國浪漫主義作曲家。

水果行營業到最後一班電車發車的時間。過年期間，像這種可以買來當成伴手禮的店家，生意挺興隆的。凌晨剛過，老媽洗好澡、輪到我泡澡時，手機響了。我沒好氣地說：

「這麼晚了，是誰啊？」

話筒傳來一個我沒聽過的女生聲音：

「是我，米蕾。」

神宮寺的合音天使。腦海瞬間浮現白色皮草、超迷你短裙下的雙腿，我的口氣馬上變得有禮貌，男人還真是沒出息。

「是有什麼不能等到明天再說的事嗎？」

「對不起，因為時間緊迫。」

我聽到外面馬路上救護車的聲音愈來愈近，而米蕾的手機也傳來相同的聲音。

「妳現在在哪裡？」

「阿誠家的店門口。」

我匆忙打開四疊半房間的窗戶，往下一看就看到穿著牛仔褲和及膝大外套的米蕾在招手。我往下對著她喊：

「我馬上下去，妳等一下。」

我們前往一家位於浪漫通、二十四小時營業的咖啡廳。這家店裡服務生的工作就是端上超級難喝的咖啡給客人，以及叫醒睡著的客人。一整晚都做這些鳥事，想想也挺累人的。

坐在被菸蒂燙得到處都是洞的塑膠沙發上，我隔著小小茶几對米蕾說：

「神宮寺大哥到底遇上了什麼麻煩？」

米蕾卸掉舞台妝之後，流露出一點小女生的樣子。比起珍珠藍眼影，我比較喜歡女生原本自然的眼睛。

「你怎麼知道？」

喝了一口咖啡，味道像是洗毛筆水桶裡的水，雖然如此，還是不喜歡一口都沒喝就被服務生收走的感覺。

「還不簡單，今天表演時池袋某黑道的小混混也出現在會場，還有只不過是側腹輕輕碰到吉他而已，他就痛得不得了。請妳老實說吧，不管聽到什麼我都不會被嚇到。我跟其他人不同，我是站在神宮寺大哥這邊的。」

米蕾盯著我的眼睛，好像在盤算些什麼。真是的，從以前女人就不太信任我。她深呼吸了幾次，慢慢地張開嘴巴說：

「阿貴已經走投無路了，但他還是死要面子，到處借錢過著實際上無法負擔的生活，最後是重田興業吃下他所有的債務。聽說他們老早就看上東口那塊空地。」

我不太懂。為了償還債務，所以當搖滾博物館這項計畫的代言人，不就只是一份單純的工作嗎？此時我突然想到一個重點。

「那塊地到底是誰的？」

米蕾喝了一口咖啡之後皺著臉說：

「不屬於任何人。泡沫經濟瓦解後，土地權利一團混亂，就這麼被擱著。阿誠，你知道什麼是地面師嗎？」

我說不知道。是不是蓋房子的時候，請他們來看風水方位，然後他們會說在玄關放黃色的東西才能招財？真是蠢斃了。

「隨著不動產泡沫經濟瓦解，這個詞已經不流行了，所以不常聽到，其實就是所謂的不動產騙子。他們偽造土地登記簿謄本，將所有權人的名字改掉，然後將資料拿到銀行，抵押不動產來借錢，最後帶著大筆款項遠走高飛。當然真正的地主也完全被蒙在鼓裡。」

我想起在假舞台上散發光芒的神宮寺，還有他陶醉的表情。

「不過搖滾博物館這件事實在不像唬人的。」

米蕾寂寥地點點頭說：

「就是說啊，那是阿貴編織了十多年的夢想。他喝醉時總是說日本的搖滾樂一點都不有趣，我一定會讓它面目一新什麼的。」

重田興業利用神宮寺的夢想，捏造一項看似了不起的計畫，讓銀行相關人員以為煞有其事。

「至於妳說的沒時間了，又是怎麼一回事？」

米蕾坐立不安，在狹小的包廂座位上左右搖晃上半身，胸部比肩膀慢半拍地晃動著。

「新年假期結束後的週一就要正式簽約了，阿貴就會成為助紂為虐的不動產騙子，到時就真的沒辦法上台唱歌了。」

看來米蕾非常愛神宮寺，兩人同是歌手的這段愛情，對她而言，眼看著對方的舞台就要被奪走，比起他變成罪犯還嚴重也說不定。她抓著我的手說：

「那麼能唱的人，為了區區一塊空地就無法再唱歌真的很可惜，阿貴的才氣無法用銀行貸款的金額多寡來衡量。阿誠，該怎麼辦才好？我除了在他身後唱歌之外，什麼忙都幫不上。」

她說得非常悲痛，我的心在深夜微暗的咖啡廳裡燃起熊熊火焰。怎麼說他都幫我量身訂做了一套西裝，老媽又是他的超級歌迷，加上我自己也莫名喜歡這位滑頭大叔，於是我看著米蕾的雙眼說：

「我明白了，我會盡力想辦法。不過我想確定神宮寺大哥真正的想法，所以請妳轉告他，我明天想見他一面。我想只要在這地盤上，或許就能幫上忙。」

米蕾淚眼汪汪，不斷點頭說：

「那我該做什麼？」

我拿著帳單站起身說：

「妳趕快回家睡覺，我接下來還得去見一個人。」

米蕾看著手錶，是鑲滿碎鑽的粉紅色OMEGA，想必是神宮寺送的吧。此時剛好是凌晨一點整。

「這麼晚了要見誰啊？」

她好像忘了自己半夜突然造訪似的說著。現在半夜一點，那麼他還有兩個小時才會收工，畢竟他是池袋工作狂第一名。

在池袋西口的計程車招呼站送走米蕾之後，我穿過深夜的WEROAD。一路上都是開著行李箱賣勞力士假貨的外國人情侶，唱著平凡歌曲的街頭歌手，在出口旁邊電玩中心的樓梯上演奏巴哈曲目的小提琴手。池袋的夜晚比起白天更加多采多姿。

我穿過三越百貨前的馬路，打開手機。他的電話號碼，我也一樣不看手機螢幕就能找到。

「我是阿誠，現在有事要麻煩你，方便嗎？」

Zero One以像是瓦斯漏氣的聲音說：

「今天閒得很，正打算回家呢，那就去跟你碰頭囉，雖然你拜託事情的酬勞都不高。對了，除了服務生之外，你是今天第一個跟我說話的人。」

他感到不可思議地這麼說。雖然我也常被說成是怪傢伙，但是說起池袋名符其實的怪傢伙，非北東京排名第一的駭客Zero One莫屬。他不只是電腦通，所謂的駭客就連詐騙、偽造文書都非常在行。我來找他是想多瞭解一些關於地面師的事。

我告訴Zero One馬上到，接著走進三越百貨後方的便利商店，想帶點東西給他。因為他超喜歡不可能在Denny's餐廳菜單上看到的零食。

真不愧是週六晚上，將近一點半的此時，餐廳居然還半滿。Zero One坐在收訊較佳的窗邊包廂座位，桌上放著兩台已經打開並插著無線上網卡的筆記型電腦。窗戶的另一邊是稀疏亮著幾盞燈的太陽城，它遮掉了一半的豪華夜空。

Zero One穿得跟平常一樣，黑色連帽夾克外套配上黑色牛仔褲。光頭上突出的兩條筋像植入鈦金屬般呈現銳角。修行僧侶般的瘦削臉頰，一看到奶油馬鈴薯口味的洋芋片就樂歪了。我想他應該是在笑吧，若不是在笑的話，說不定就是看太多液晶螢幕造成的臉部抽搐。我的視線從駭客痛苦的臉移開。

「你聽過地面師嗎？」

他一邊配著咖啡，一邊吃洋芋片說：

「就是不動產騙子嘛。這次要拜託我改寫土地謄本嗎？」

好像除了我之外，這是全國上下都知道的普通常識。

「所謂改寫土地謄本，是怎麼進行的？」

Zero One看了電腦之後再看我一眼，說了令人無法置信的話。

「你是白痴嗎？你不就是為了這件事來找我的嗎？」

我說不是，我沒想到那麼遠。

「土地謄本這麼容易用電腦改寫啊？」

Zero One點點頭。

「因為一開始的原始資料就已經數位化，東京幾乎都是數位化檔案了。從前還得從活頁資料簿裡抽出，重打一份再放回原處，現在不需要這麼麻煩。」

這次Zero One真的像是開心地笑了，想必比起零食，他更喜歡電腦。

「這台電腦有這附近的地圖。」

他用玻璃球般的眼珠看著我，右手在鍵盤上飛躍，左手吃著洋芋片，似乎不想讓鍵盤沾到油。

「你看。」

他把液晶螢幕轉半圈給我看。新型電腦在這時派上用場。

「池袋大橋旁邊有塊空地，我想知道它的正確地址。」

出現在Zero One電腦螢幕上的，是連宅急便司機都可以使用的詳細地圖。他把黑色外套的連帽戴起來。

「東池袋1——45——6。」

「這麼簡單。那我想瞧瞧這塊地的土地謄本。」

Zero One把螢幕轉回朝向自己。

「法務局的電腦設了許多陷阱，接下來就要收費囉，可以嗎？」

我默默地點頭，早有覺悟得付出那套西裝的費用。

「OK，不用改寫，只要叫出資料的話，我會盡量算你便宜。」

過了一會兒，十五吋液晶螢幕秀出一份什麼都沒有的文件。表格的左上方寫著東池袋的地址，右上方寫著「全部事項證明書（土地）」。Zero One用咬了一半的洋芋片前端指著表格的第二行說：

「這邊與甲區所有格有關的事項部分，就是要改寫的地方。這張證明書表示這塊地歸千禧都市開發所屬。」

「這麼做不會被真正的地主發現嗎？」

Zero One把洋芋片放到口中。

「所以地面師才得費勁尋找那些被長期閒置，或是地權混亂不清的土地。貸款審查得耗上幾個月，若是被地主發現的話，他們就馬上落跑。」

我直盯著螢幕，思考接下來該怎麼做。但不管做什麼，距離週一黃昏只剩下四十個鐘頭。

「幫我把這份資料傳到我的Mac。」

我丟下一臉不可思議盯著我看的Zero One，走出週六深夜的餐廳。

⚜

黎明時分，我只小睡了一下，因為一直重複聽著《行星組曲》，一邊動腦思考該如何讓神宮寺脫離重田興業與地面師。明明只要跟警方或銀行通報有不動產騙子就能輕鬆解決，但是這麼做或許就會殃及神宮寺。而且我也擔心到時重田興業的組員或許會有動作。不過就算不這麼做，這位搖滾巨星欠重田興業的巨額債款依舊存在。

隆冬清晨，我穿著去看表演的那套衣服，倒在被窩裡。

❦

星期天我一邊揉著惺忪的睡眼、一邊準備開店的時候，手機響了，是神宮寺打來的，他用粗啞的聲音說：

「我聽米蕾說了。我人現在在池袋東口，要怎麼約？」

「十五分鐘後西口公園見。」

我朝二樓的老媽打聲招呼，要她幫忙顧店之後就出去了。星期天中午的西口公園比星期六半夜的連鎖餐廳空曠，公園長椅幾乎都空蕩蕩的，走在石子路上的人影也稀稀疏疏。砂石顏色的鴿子像是被北風吹成了一團，全都聚集在陽光下。

神宮寺坐在舞台附近的長椅上，看到我來了之後，點點下巴跟我打招呼。我坐在他旁邊，沒看他就說了：

「聽說明天要簽約，怎麼會變成這樣？」

即將燃燒殆盡的搖滾明星呆望著空無一人的舞台。

「昨天唱的那首新歌還不錯吧？不過沒有一家唱片公司願意幫忙，因為我超齡二十歲，又不是特帥，況且也不像夜店舞者會跳舞。」

粗啞的聲音轉成冷笑，他稍微瞥了我一眼說：

「難道音樂真的只屬於小朋友嗎？日本男人真是沒用，高中時一點一滴努力存零用錢，拿去買貴得不得了的唱片，那些人到哪去了？把音樂忘得一乾二淨了嗎？被工作和生活壓得沒有時間和金錢了嗎？什麼音樂、電影、小說都只是奢侈品嗎？這種狀況持續幾年之後，任誰都會變成乾掉的空殼。雖然幫著地面師做這種勾當實在不對，但這樣下去，這個國家的文化永遠長不大。」

神宮寺說的，我有一半都認同。不過這跟不動產詐騙是兩回事吧。

「昨天你壓著發痛的側腹，那是怎麼一回事？」

「被重田那夥人揍的。表演前，我說我受夠了，就被他們拖到沒人發現的地方痛毆一頓。」

原來是這樣。接著我們兩人都沒說話，隆冬的陽光短暫灑在身上，讓人覺得從心底暖了起來。

「我看神宮寺大哥還是走為上策，之後的事就交給我吧。」

他痛苦地左右搖晃脖子。

「不行。像這樣一個人外出的時候，米蕾就成了他們的人質，昨天晚上是我被監禁，這一個禮拜都和重田興業的三個小流氓住在一起。你可能沒注意到，我們第一次去店裡找你時，其實後面還跟了兩輛車。直到簽約前，重田他們會一直緊迫盯人。」

我想起舞台後方小流氓的嘴臉，那對獵犬般的雙眼。

「住哪裡？」

「要町的租賃公寓。」

「告訴我那裡的詳細隔間配置。」

我從口袋裡拿出隨身攜帶的採訪筆記本，確認細節就花了大概二十分鐘。神宮寺最後說：

「會這麼順利嗎？」

猴子。

我站起身說：

「等著看囉，畢竟我們是在地人，自然有人肯幫忙。所以在這街上發生的事，大致都能搞定。」

至於那些搞不定的事，就保持沉默了。神宮寺說要回米蕾那裡了，我看著他的背影，拿出手機打給猴子。

「今年是本命年喔。」

對猴子這麼說之後，他回答：

「雖然大家都這麼說，我卻一點感覺也沒有。怎麼啦？」

我一邊步向東京藝術劇場，一邊向他打聽：

「你知道東口的重田興業嗎？」

猴子年紀輕輕，卻是池袋屬一屬二、羽澤組系冰高組的代理會長。他對於黑社會各方勢力的分辨能力，比起我目測好吃橘子的能力強多了。

「最多就七、八個人的小組織吧，名義上是京極會的分支，不過實際上只是繳錢給他們而已，沒什麼太深的關聯。」

這麼說的話，只要控制住神宮寺那邊的三個人，重田興業的戰鬥力就減半了。猴子邊笑邊說：

「這次又是什麼糾紛啦？對方是重田的人嗎？」

「不好意思，今天沒時間好好解釋，明天你就知道了，敬請期待吧。」

電話掛了之後，我選了下一個電話號碼。星期六晚上都玩到通宵的池袋國王此刻應該還醒著吧。

⚜

崇仔不愧是崇仔，他的聲音像是剛從製冰機掉出來的冰塊一樣冰冷。我繞著西口公園的圓形廣場，對他描述神宮寺與重田興業之間的糾紛。

我發現換個角度對別人解釋幾次之後，問題的核心就漸漸明朗起來。如果你有煩惱的話，不妨試一試。崇仔事不關己地說：

「我不介意動用G少年，不過你是說真的嗎？因為這次不是臨時演員，必須派出執行部隊，酬勞相對也比較高。」

我說沒問題，已經跟神宮寺說好了。接著國王說：

「需要幾個人？」

「對方有三個人，那邊是一般的公寓大樓，所以希望能靜悄悄地在一瞬間控制場面。就他們人數的三倍，九個人怎麼樣？」

崇仔像是北風似的吐氣，應該是在笑吧。

「嗯，再加我一共十人，明天中午現場就緒。」

我要掛電話的時候，崇仔說：

「這是今年第一件差事，這陣子真是無聊透頂。阿誠，你多幫我找一些糾紛上門吧，每次一定都會給你特別折扣。」

國王喜歡危險事物，最近的池袋想必還算平靜吧。

我回店裡之後，開始準備隔天的事情。一跟老媽說我要忙神宮寺的事，她就欣然同意幫我顧店。於是我把Zero One傳來的文件列印出來，裝入A4信封裡。我當然記得戴白手套，因為文件也能採驗出指紋。

腦袋一邊組織整理，一邊用Mac打出事件內容，包括千禧都市開發公司其實就是重田興業、東池袋那塊地的地主另有其人、搖滾博物館的計畫全是捏造的，以及神宮寺是被黑社會威脅配合的被害人等等。

以我貧乏的寫作能力，只為了兩頁稿紙的檢舉信，就花了兩個多小時。當一切準備就緒、跟老媽換班繼續顧店時，已經是下午五點多了，此時冬日白天的溫度已降低許多。

老媽一走上二樓就打開電視，傳來無比誇張的笑聲。

她是電視節目《笑點》二十多年來的忠實觀眾。

星期一的東京天空依舊是冬季固有的藍色，就像一片藍色毛玻璃。雖然是晴天，卻吹著強烈北風，氣溫感覺上只有兩、三度。開店後吃完中飯，我拿著信封出門。圍巾、手套、毛帽是畏寒的我必備的冬季裝備。

跟崇仔聯絡之後，得知他正等在池袋大橋橋頭的車裡。這種時候，七人座的休旅車真是方便。我快步轉過西口的BIC CAMERA連鎖電器商店，朝天橋方向走去，那裡有一輛銀色賓士休旅車，還有一輛深灰色新型本田Odyssey，排氣管冒著白煙。

休旅車的門打開，傳來崇仔的聲音。

「上來吧，要出發了。」

我朝車子裡看了一下，一身黑的G少年精英們對我點頭示意。

「拜託你們了。」

應聲的只有崇仔。

「小事一樁。對他們來說，這只是午飯前的暖身操。」

兩部車子緩緩地開始滑行。

穿過池袋車站西口的壅塞路段，車子開進要町通。神宮寺被軟禁的大樓是一棟白色磁磚建築物，位於要町一丁目赤札堂超市的後方。我們把車子停在一段距離以外，等待按照約定時間前來的米蕾。她騙說要去便利商店買東西，以便偷溜出來引導我們。米蕾穿著一套雪花運動服，身材好的女生無論穿什麼都好看。她把頭髮挽成髻，緊張的神情讓顴骨看起來更顯銳利。

合音天使注意到我們的車子之後，假裝不認識地慢慢靠近。我們搖下貼了隔熱紙的車窗，米蕾躲到車子另一側後方說：

「玄關那邊有一個人，阿貴跟另外兩個人在走廊後方的客廳裡。大家剛吃飽飯，正在休息。」

我壓低音量說：

「瞭解了，妳去便利商店買點東西回去吧，我們會在大樓入口處就位。」

⚜

米蕾走出便利商店，手上多了一只白色塑膠袋，寶特瓶裡好像是最近非常流行的胺基酸飲料。米蕾一打開大樓大門，連我在內的十一個人立刻尾隨鑽入。其他人的目標是四樓房間，他們踩著柔軟的鞋底，無聲無息地走樓梯上去。我和崇仔則跟著米蕾進電梯。

四〇四號房外的走廊有十個穿黑衣的男生，一個手勢之後，他們一起套上只露出雙眼的黑色頭套，景象有點詭異。米蕾朝我們點點頭，一邊說「我回來了」，一邊用鑰匙開門。下一秒，門就被用力打開，G少年如雪崩般湧進屋內。打前鋒的人好像用了電擊棒，因為我聞到東西燒焦的味道。此時重田興業的小流氓一聲都來不及吭地腿軟跌坐在地。

接著從大樓的狹窄走廊傳來腳步聲，聲音相當凌亂，我無法分辨出有幾個人。當我抵達客廳時，另外兩個小流氓的雙手已經被繩子綁在背後，倒在地上。

在沙發上嚇得無法動彈的神宮寺，像是看著什麼怪物似的看著我。我對他眨眨眼，但畢竟戴了黑色頭套，所以說不定神宮寺根本認不出我。

開始突擊的第一百五十秒之後，我們留下半數的G少年在現場，然後離開四〇四號房。

⚜

在行駛中的賓士車裡，神宮寺開口說話。

「謝謝你們，剛才真讓人印象深刻，池袋皇帝和G少年都跟從前不一樣了。」

崇仔如冰一樣冷冷地笑而不答。神宮寺又說：

「接下來我和米蕾該怎麼做才好？」

我看著在眼前流逝的週一池袋西口景色說：

「再三個小時，一切應該就結束了。你們先躲起來，之後再走得遠遠的，暫時不要回池袋比較好。」

賓士抵達池袋大橋。開在下坡路段時，可以看到那片空地，不過只有一下子而已。金屬圍籬裡頭那片滿是雜草的空地，居然那麼有價值，對我而言簡直是不可思議。我對G少年的司機說：

「請放我在綠色大道下車。」

車子緩慢穿過首都高速公路下方。最後我看著神宮寺說：

「以後或許沒機會見面了，不過那首新歌真是不錯，希望有一天能成為暢銷名曲。至於謝禮酬勞，就請你交給崇仔。」

神宮寺對國王點點頭，熱淚盈眶地看著我。

「阿誠，這次你又不收錢嗎？」

「唉呀，其實我有錢得很呢。」

道理很簡單，不應該為心中的大欲望去籌錢，而是手上有多少錢，欲望大小就隨之調整。況且這世上有許多不需要花錢的樂子。

神宮寺伸出手來，翹起拇指與我緊緊握手。他還用另一隻手抱住我的肩膀說：

「阿誠，你要好好保重。我發現我倆的個性還真有點像。我已經不太可能了，不過我希望將來你能到遙遠的地方，把我沒看過的東西都好好地瞧一瞧。」

米蕾在狹小的車廂裡，邊哭邊盯著我看。賓士停在綠色大道的十字路口，我下車之後，目送漸漸駛離的車尾燈。崇仔一語不發地從搖下的車窗裡伸出手，就像找到公主時的猴子那樣，黑色皮手套握拳，伸直的大拇指指向池袋的冬日天空。

⚜

走在綠色大道的櫸木樹下，樹葉完全掉落的枝幹就像纖細的天線交織著伸向天際。都市銀行❼的綠色招牌立於人行道上，我繞到它的後面。

我從監視錄影機的對側，走向裝有號碼鎖的員工出入口，從紙袋裡拿出寫著「東池袋一丁目不動產詐欺事件」的Ａ４信封，用雙面膠帶把它貼在冰冷的金屬門上。

然後我晃回西一番街。原定下午三點在大都會飯店的套房裡簽約，我不認為重田興業面對進行順利的不動產詐欺會中途喊停。

就算他們打算放棄，也無法抓到神宮寺了。我對重田後續會有什麼動作沒興趣，只想在回家前順道去西武百貨的鞋區看看皮鞋。因為再過四個禮拜，那套手工訂製西裝就會完工。

要是配上我那雙又臭又爛的球鞋，我猜義大利師傅一定會嚎啕大哭吧。

⚜

這件事後續的發展，是猴子打電話通知我的。據說好幾位地面師想逃走，卻被重田興業的人威脅帶到簽約的地方，接著他們五個人就當場被池袋警察署生活安全課以詐欺現行犯逮捕。

我還聽說那塊空地背後牽扯了六、七層的複雜關係。自從經濟泡沫化之後，經過十五年都無法動彈的一塊土地，與其說是夢想的搖滾博物館，還不如說是土地轉手的墳墓。

---

❼都市銀行：日本銀行經過上一波，二〇〇〇年以降的整併後，目前大規模的都銀剩下瑞穗、三菱東京、三井住友、里索那四間；根據書中的線索，位在綠色大道上的綠色招牌銀行應是三井住友無誤。

一如我之前告訴神宮寺的，這件事應該不構成犯罪，不會被警方傳喚，所以他們並不需要跑一趟池袋警察署。因此，當我在隔週的報紙上發現神宮寺的名字時，著實吃了一驚。

⚜

那篇報導是關於東池袋一丁目的不動產詐欺事件。或許因為和藝人有關，所以晚報社會版刊登的篇幅比我的手掌還大。但是，受騙的銀行不是我去貼信封的那家，而是另一家都市銀行；他們審核通過了融資提案，被騙走一億八千萬的鉅款。那塊土地就在池袋大橋旁邊。

據說簽約時神宮寺貴信也有出席，敘述了搖滾博物館的計畫。我確認一下日期，是G少年突襲的隔天。正覺得不可思議、想重讀一遍時，我的手機就響了，是崇仔打來的。

「你看到了嗎？」

我應了一聲，不知該說些什麼。

「看來這次被那位大叔將了一軍，我和你都被耍了。他最後含淚對你說的那番話，真是不得了。從頭到尾都在演戲，跟職業演員沒兩樣。」

我有點擔心地問他：

「崇仔，你有收下酬勞吧？」

他展現國王的冷淡說：

「當然，我跟著他去銀行的自動櫃員機。我才沒你那麼天真呢。」

「那就好。」

「不過神宮寺也蠻屌的，最後這一票幹得真漂亮。欠重田興業的錢不但一筆勾銷，還撈了一億八千萬。就像你說的，他不會再出現在池袋了吧。雖然那首新歌很不錯，但這下我不會再聽他的歌了。」

或許我也是吧。我的確嚇了一跳，不過一點也不後悔，說不定都是因為神宮寺那股不可思議的魅力的緣故。

⚜

收到一張蓋著泰國郵戳的比基尼女郎明信片，已經是兩個禮拜之後的事了。

我走出水果行，在可以曬到太陽的街道上，閱讀明信片背面密密麻麻的文字。

我正在東南亞悠哉地旅行。我想阿誠你不會通知警方，不過明天我就要啟程前往曼谷，所以就算你真的這麼做了也是白忙一場。最後我在車上對你說的那番話，完全出自內心。對我而言，〈淚的交流道〉或許已經是畢生精華，然而你一定要比我走得更遠。我在這裡也會搜尋閱讀阿誠的專欄。或許沒機會再見面了，請你保重，並代我向你媽媽、國王問好。

p.s. 別小心翼翼收藏那套西裝，盡情穿它吧！雖然你沒有我帥，不過長得也挺不賴，絕對不輸給那套西裝。為了我努力把它穿到爛，當個好男人吧！

最後的簽名是英文大寫的J。他實在是一個讓人無法憎恨的騙子。

⚜

二月第一個星期六，我拿著收據到西武百貨五樓。站在擦得發亮的木製櫃檯前，我提心吊膽地拿出收據，深怕這張紙會變成一文不值的樹葉。不過沒發生這種事。店員問我要不要試穿，我謝絕之後，就直接帶著西裝回家了。

神宮寺買給我的夜空深藍色訂製西裝，現在還掛在四疊半房間的牆上。西裝底部透出光澤，由瘦瘦的我穿起來相當合身。每當去書店或去看時髦的歐洲電影時，就如同大叔交代的，我穿得很勤呢！

如果你在暖冬的池袋，發現一位屌到不行，穿著高級夾克、破洞牛仔褲與爛球鞋的帥哥時，不妨跟我打聲招呼。尤其如果妳是像米蕾一樣身材姣好的女子，更是歡迎之至。

因為付了那筆給Zero One的酬勞，讓我最後買不成皮鞋。不過比起全身上下搭配得宜，倒不如有點落差來得好。

把自己的邋遢當成最大的魅力。

這是這個新年裡，我從老掉牙的搖滾巨星身上學到的教訓之一。

池袋ウエストゲートパーク

致命玩具

洋娃娃的笑臉有點可怕，對吧？

因為它們永遠張著眼睛笑。嘴唇是溼潤發亮的粉紅色，雙頰塗上淺紫色腮紅，睜大的雙眼皮閃爍著珍珠藍眼影，創造出成熟的風貌。無論哪一個部位都是今春流行的必勝彩妝，搭配的全是最時尚的色彩。柔軟塑膠臉龐的固定笑容不帶絲毫感情，卻呈現出不可思議的性感。

身材當然也是不在話下，擁有連超級名模都自嘆不如的九頭半身，手腳像吸管一樣又直又長，腰身像漏斗般纖細，美胸和翹臀比起敵人芭比娃娃更有看頭，畢竟它是以性感做為賣點。

服裝的選擇相當多元，想走奢華路線的話，還可以任意挑選世界頂尖設計師的作品。有一套特製白色羊皮連身裙的價錢令人咋舌，足以買好幾件成人款。

洋娃娃的名字叫做NIKKIE Z。保證書背面寫著：媽媽是日本人，爸爸是非裔美國人，出生於東洛杉磯的貧民區。十五歲以創作R&B歌曲出道，首張單曲CD創下全球銷量兩千萬張的紀錄，是一位年輕偶像。你知道「靈魂樂女伶」的英文是什麼嗎？就是SOUL DIVA。

NIKKIE Z是東京原創的SOUL DIVA娃娃，在最短的時間內迅速賣出一千萬個，創下金氏世界紀錄。讀到這裡你應該發現了吧？它就是女朋友或女兒撒嬌要你買下、肌膚顏色有如歐蕾咖啡的洋娃娃。

這則讓人毛骨悚然的故事，內容是關於人氣洋娃娃如何奪走數名女子的生命。這可不是夏季熱門的奇聞怪談，你家NIKKIE Z的笑容底下，說不定就藏著悲慘死去的紅小榮呼出的最後一口氣或魂魄。

在這個讓人深愛的資本主義世界裡，數百萬個女生願意為了一個新款的洋娃娃，在百貨公司、玩具店前大排長龍。不過，任誰都沒想到躺在包裝精美紙盒裡的洋娃娃，居然是賠上性命的勞動成果。

我們被沖昏頭，一心想當個有品味的顧客，卻不知隱身於商品陳列架之後的真實故事，不知是誰在哪裡製造了這些產品？可愛洋娃娃到底為什麼會沾上年輕女子的鮮血？聽完故事之後你一定會大吃一驚，一條生命居然比一個假娃娃還廉價。

在那個從日本坐飛機只要四小時、宛如巨龍升天的亞洲國家裡，真實情況就是如此。

就算春天已經來臨，仍然沒有任何新的轉變發生在我身上，這個季節應該有的畢業典禮啦、新鮮人就職啦、換工作啦，甚至連出個幾天差等等都與我無關。這種與地區緊密結合的小型企業真是沒什麼前途，我偶爾會擔心，自己該不會一輩子就這樣當個池袋街頭的井底之蛙吧？話說回來，因為每天發生在眼前的事多采多姿，倒也不覺得無聊。

這個春天我迷上了俳句。國中的暑假作業曾經被迫寫俳句，因此對它沒半點好印象。不過當我在書店拿著一本近代俳句集時，後腦就像被人重重一擊。俳句詩人的名字全都像G少年般帥氣，例如三鬼、亞浪、水巴等等；另外也有非常具男人味的名字，像是不死男、不器男、赤黃男等等，一連三個男。再怎麼樣也絕對找不到阿誠這種愚蠢的名字。

我的讀後感想就是無論哪一位俳句詩人，最多只能創作出十句無異議的名句，實在無法達到二十句之多。為了這十句，他們得踏上俳句創作這條不歸路，和我的專欄寫作道理一樣：既無法得知讀者在哪裡，也賺不了大錢。

不知該說是因為俳句詩人們的不羈或認真，總之那很有一回事的輕率讓我覺得挺有趣的。意境的表現必須濃縮在具有爆發性的十七個文字裡，藉此展現超群的本領。下一季我一定會在專欄秀一點偷學來的超酷近代俳句技巧，為數不多的專欄迷們敬請期待。

說到哪裡了？對了，NIKKIE Z是吧。這個關於洋娃娃的話題，當然得從春天的池袋街道上，一位長得像洋娃娃的美女開始說起。

⚜

春風滋潤得像是生魚片般、輕輕吹拂著肌膚的某個午後，我走在JR池袋車站北口附近。那天沒什麼特別的事，只是單純地散散步。我就像隻野貓，在池袋這個地盤一年得巡視個四百次。

連接天橋的十字路口轉角附近有許多從我出生前就存在的特種行業店面，正在閒晃時，有一個年輕女生眼睛瞇瞇地對我微笑。淺綠色短風衣配上一件白色迷你裙，雙腿白得近乎透明，粉紅色鞋帶纏繞其上。這該不會就是傳說中的女追男搭訕吧？一邊放鬆臉頰，一邊想著我的春天終於來了的時候，她說：

「你好，要不要試試中式按摩？」

發音不帶任何怪腔怪調。她的眼睛、鼻子就像洋娃娃一樣漂亮，皮膚如同還保有熱度的半透明塑膠般透著血色。那張臉唯一不像圖畫的地方是帶著些許傲氣、嘴角上彎的嘟嘴。身上沒帶多少錢的我對她說：

「由妳服務嗎？」

她的細眉往上挑起，笑著說：

「很抱歉不是我，不過店裡有許多可愛的美眉。」

「那就算了，況且我也沒帶錢。」

即使如此，她仍不改洋娃娃般的笑容，遞給我一張小傳單。她雙唇微張地說：

「中文念成ㄇㄢˇ ㄗㄨˊ，意思和日文一樣。」

我正看得出神，她已經去跟旁邊的上班族拉生意。一個燙著小捲的四十多歲上班族，以一副未嘗不可的表情聽女子說完之後，就跟著她往常盤通走去。

最後她還回頭看了我一下，不知為何笑了笑。那笑容搞得我七葷八素，差點沒跟上去。真是本領高強的街頭拉客女，春天的池袋街頭實在不可思議。

⚜

之後，我偶爾會在街上看到她，不過她好像已經發現我是在地人，就沒再向我推銷了。四月的這個禮拜感覺好漫長，不知為何，一到春天就覺得時間過得特別慢，真是百思不得其解。不管睡多久，還是想再多睡一會兒。早春時節，我的睡眠時間偶爾會超過十個小時。

所以當她來到西一番街水果行時，我想我一定正在張嘴打哈欠，因為怎麼想都想不出她出現在店裡、站在我眼前之前的事。洋娃娃臉色蒼白、表情僵硬緊張。

「這家店有一位叫做真島誠的人嗎？」

我從拿來當成椅子的啤酒箱上站起來。

「我就是。」

她發現是我之後，表情稍稍放鬆，安心下來。嘴唇嘟得圓滾滾的。

「原來是你。我叫ㄏㄨˊㄙㄒㄧㄠˇㄊㄠˊ，有事想請你幫忙。」

她從風衣口袋拿出小本子，用原子筆寫下名字。一臉擔心地說：

「我聽說你會幫助遇到麻煩的人，而且完全不收費，是真的嗎？」

比起最近的女高中生，這個中國人說的話我反倒比較聽得懂。我隨便回答她：

「妳從哪兒聽來這種謠言？我的收費很高呢。」

聽到這裡，她就像靠近火爐而瞬間萎縮的洋娃娃般說道：

「這樣啊，原來收費很貴。我是從店裡的日本女生那兒聽來的，她說池袋有一個叫做阿誠的義工，原來是騙人的。」

她打算轉身離開時，我急忙補上一句：

「剛才是開玩笑的啦，不用付我錢。不過為什麼中式按摩店裡有日本女生？」

「我們店裡只提供手部服務，不需要寬衣解帶，所以就算是日本人也沒關係，只要跟客人用日文單字溝通，再報上一個中文名字就行了，很好笑吧。」

小桃終於笑了。從她嘴裡真不適合說出什麼「手部服務」的字眼。

「那妳的麻煩是什麼呢？」

小桃的臉色像花朵盛開般亮了起來，真是勢利的女生。

「不太方便在這裡說，我請你喝杯茶吧。」

我朝著樓梯呼喚在二樓休息的老媽。老媽下樓之後，快速地上上下下檢視小桃，以一副有何不可的表情對我點點頭。

「我出去跟她聊一下。」

話才說完，老媽就回我：

「晚點回來也沒關係，好好加油吧，她長得很可愛呢。」

小桃高雅地笑了笑，走出店門口。我壓低音量對老媽說：

「她只是北口一家中式按摩店的街頭拉客女啦。」

沒想到老媽的笑容異常燦爛。

「阿誠長大了，也會跟中國女生交往了噢。之後再好好跟我報告吧。」

我夾著尾巴，跟在小桃後面出去。無論在日本或中國，女人的可怕是不變的。

◆

小桃帶我去北口的羅多倫咖啡，走了大約五百公尺以上，雖然途中經過幾家咖啡廳，她卻連看都不看一眼。走進午休過後空曠的店裡，她挺著胸對我說：

「阿誠，喝招牌咖啡可以嗎？」

我點頭示意之後，她轉向櫃檯拿出折價券，原本一百八十圓的咖啡只需付一百圓。真是個小氣到家的女人。正當我看得發愣時，小桃回頭對我說：

「八十圓在中國可不是個小數目，大約是週薪的十分之一。」

像我這種低收入者，十分之一大概相當於四、五千圓。於是我沒頭沒腦地說：

「在中國工作真是辛苦。」

小桃像是要抱住我的樣子突然靠近我。

「阿誠，你能瞭解嗎？」

她睜大雙眼非常認真地問我。雖然我不太懂她的意思，不過我並不想在羅多倫的櫃檯前，讓這位街頭拉客女更加興奮。

「是啊，趕快去非吸菸區吧。」

青少年時期我會喝酒，但不抽菸，我之前應該有提過吧？因為那些抽菸的壞朋友看起來並不帥氣，託他們的福，現在我的肺和門牙才能和池袋天空的雲朵一樣乾淨。

我們爬上有點陡的樓梯，往二樓非吸菸區移動。小桃白色迷你裙下的雙臀景色絕佳，真希望羅多倫有七層樓。

⚜

一坐下，小桃馬上從口袋裡拿出紙片。一張夾報傳單的背面有個白白的東西，有張透明紙上密密麻麻寫滿字句，想必那人文筆不賴。

「請你看看有沒有哪裡怪怪的，幫我改一下。聽說阿誠在雜誌寫連載專欄，是個文人呢。」

說我是文人，就好像把偷拍援交的DVD當成情欲藝術電影一樣，著實讓我坐立不安。

「我的確有寫專欄，不過沒有妳想的那麼厲害。」

小桃直盯著我的眼睛說：

「別謙虛了，請你幫我看看吧。」

於是我一口咖啡也沒沾到，目光落向小桃的紙上。用奇異筆寫的第一行字，非常清晰地映入我的眼簾：

KIDS FARM 協助殺人

我看了一眼坐在對面的女人。KIDS FARM是一家成長迅速的玩具廠商，總公司距離這裡步行只需十分鐘，就在前方綠色大道上、全棟半反射玻璃的智慧型大樓。主力商品不用說就是那性感的DIVA洋娃娃NIKKIE Z。

「這是真的嗎？」

我把紙片放回桌子中央，打算好好聽她說明。小桃生氣地點點頭。

「如果不是事實，妳卻把它寫出來到處散布，在日本可是犯法的噢，妳明白嗎？」

我看著她，她的眼皮和眼袋瞬間泛紅。這個街頭拉客女該不會要哭了吧？說時遲那時快，淚珠立刻在小桃的白色雙頰上滾落。坐在遠方那桌的大嬸，用責備的眼神瞪著我。我嘆口氣說：

「好好，把原委說給我聽吧。」

「殘酷的五月即將再次到來。」

小桃這句話像一句詩，不過我當然是丈二金剛摸不著頭腦，只能點點頭。

「每年一到五月，中國的玩具工廠就開始募集臨時工。阿誠你知道嗎，全世界的玩具有七、八成都是在中國西南方製造的。」

我搖搖頭，關於這個倒是第一次聽說。我無法想像全世界八成的玩具有多少，不過一定是個非常驚人的金額與數量吧。

「再加上美國、日本的聖誕節慶，工廠需要大量的臨時工。如果工廠放出要找兩千名臨時工的消息，隔天一早，工廠附近的車站就會聚集五萬名年輕女生。」

我想像在一片黃沙漫舞的街頭，突然出現一大票女生的畫面，真是異常的好風光，讓我不禁想混入其中。

「被選上的話，就代表地獄生活從此展開。」

這句話令我的幻想瞬間黯淡下來。何謂地獄工廠勞動？

「中國不是共產主義國家嗎？財產不是屬於所有勞動者嗎？」

「拜託！那是我出生前的遙遠往事了。請你看看這個。」

小桃從磨得爛爛的布製錢包裡，拿出一張照片放在桌上。果真人上有人，照片裡的女子比小桃美麗出色多了。小桃一副了然於胸的樣子。

「她是我姊姊，叫做紅小榮。她在河南省家鄉是個公認的美女，我從小就常被拿來跟姊姊比較，討厭死了。」

我無視於她受傷的心靈繼續說：

「這樣啊，那妳的美女姊姊怎麼了呢？」

小桃的目光離開照片往上移，迅速變成散發強烈光芒的戰鬥眼神。

「她死於謀殺！在深圳市的高興有限公司裡，在奔跑中斷氣的。」

在工廠裡跑著跑著死掉？又是一句超越我想像力的台詞。我嘴巴開開地望著這位優秀的街頭拉客女。

⚜

小桃滔滔不絕地敘述。她的手放在桌上，因為用力過度導致關節發白。

「那家工廠是KIDS FARM委託的發包廠，全球熱賣的NIKKIE Z洋娃娃，有一半出自那裡。體育館般巨大的建築物裡，沒有冷氣也沒有暖氣。桌子排成一直線，綿延約一百公尺，兩千名女工就在那裡用細細的筆幫洋娃娃上色。工作時間分成十四與十個鐘頭兩個班次，從五月到十月，每天二十四小時不停作業。睡覺的地方在工廠的宿舍，大倉庫裡密密麻麻排放著行軍床，毫無個人隱私可言。姊姊寫信跟我說，大家都用垃圾袋從天花板垂下當成窗簾。」

我想像兩千個女人睡在行軍床上的畫面，大概就像戰爭時期的醫院吧。工作十四個鐘頭之後，應該也沒餘力玩樂了。

「薪水多少？」

「換算成日幣的話，一星期大約八百到一千圓左右。畢竟對勞工而言，那是個比活在資本主義社會還艱辛許多的共產主義國家，想當然沒有福利制度、健康保險或加班津貼。」

我的聲音有點哀傷。

「那麼賺來的錢都到哪兒去了？」

「股東囉。那些從前就住在深圳的工廠地主、共產黨高官都成了股東，據說利潤都進了他們的口袋。真是沒救。表面上說現代化，其實跟非洲、中南美的敲竹槓資本主義沒兩樣，停留在資本的原始儲備階段。我聲音低沉地說：

「妳姊姊到底為什麼會死？」

小桃為了不讓眼淚滑落，一直看著連鎖咖啡廳的天花板，以纖細的指尖壓著眼尾。

「姊姊很瘦，而且國中曾經參加田徑隊，所以被派了一個最爛的工作，就是當跑腿。」

又是一個意思不清不楚的詞彙。是負責跑腿送貨，還是傳達指令呢？我像個蠢蛋一樣重複說：

「跑腿？」

「是的。NIKKIE Z頭部的上色作業完成之後，得把五十個洋娃娃頭裝成一箱，兩個箱子就是一百個。跑腿的必須在巨大工廠裡跑來跑去，把箱子搬到下一個工作站，中間完全不能休息。」

「一天二十四小時都是這樣嗎？值晚班的話，就得徹夜來回奔跑？」

小桃毫不猶豫地點點頭。

「沒錯。」

這未免太蠢了。要是在日本的工廠或物流倉庫，只需擁有簡單的設備就能解決，反正機器不會喊累。

「沒有輸送帶之類的裝置嗎？」

「沒有。在中國，人事費用比機器費用便宜，不斷有新的勞工從內陸移往都市。」

我看向窗外的街道。對面大樓的窗戶貼著「中文網吧」的手寫海報，浸浴在暖暖的春日陽光下。最近池袋愈來愈多中文網咖。一個中國男子坐在樓梯前，拉出一張小小的桌子，不知道他在幹嘛。一張沒有表情的臉。

「我希望妳把姊姊死亡時的情況講得詳細點。」

小桃冷漠地點點頭。

「去年七月底左右的某個清晨，負責跑腿的姊姊因為輕微的心臟病發作而昏倒。聽說她不小心感冒，幾天前就不舒服了。那天她仍然硬撐著將工作完成，不過隔天就出事了。」

我舉起手制止小桃往下說。因為我覺得很奇怪，頭暈或頭痛還說得過去，但那是心臟病耶。

「等一等。心臟病發作、臉色發白昏倒的話，隔天應該讓她住院休假吧？畢竟是一條人命。就算她不做，總有接替的人吧？」

小桃用銳利的目光瞪著我，透露出日本人絕對無法瞭解自己、給人距離感的眼神。那眼神隔著一道海峽。

「工廠完完全全以對資本家和政黨有利的模式經營。如果請假的話，就算是病假，都得被扣三天薪資。」

我無話可說地點點頭。小桃淡淡地繼續說下去。

「如果中途辭職的話，還會另外罰錢。所以她們的薪水都被扣住，不會馬上發。姊姊還有五個星期的薪水沒拿，她怕一旦辭職，連一塊錢都領不到。」

簡直是被工廠謀殺的！我好不容易弄清楚來龍去脈，如果可能拿不到連續奔跑五個星期的薪水，說什麼我也會咬牙幹下去。可惜小榮的心臟承受度有限。小桃努力不讓眼淚掉下來。

「隔天清晨姊姊就死了。昏倒時雙手掃落 NIKKIE Z 微笑的臉，當場死亡。那不是一般的心臟麻痺，醫生說她是心臟的肌肉縱向裂開，心臟破裂而死。」

小桃再也忍不住，拍著淺綠色風衣下的胸口大叫。

「小榮被逼得來回奔跑到心臟裂開，就像壞掉的機器一樣。姊姊賺的一半薪水寄回去給家人，還供我來日本讀語言學校。她說我頭腦比較好，要我好好念書，去外國公司上班，再怎麼樣也不可以到那種工廠工作。還說要我將來某一天，加倍把錢還給她。姊姊當初笑著跟我說這些話，我……」

小桃從口袋拿出手帕，擦掉眼淚，深呼吸。

「……只求個正義。我想要相信這世上某個地方還有正義存在。我不是為了姊姊復仇，只求一個合理的結果，但是這在中國很難辦到。我為了控告發包的源頭 KIDS FARM 來到日本，至於機票費用，是從姊姊同事給的慰問金湊出來的。」

我不知該說些什麼。打從娘胎以來，「正義」這個詞我一次也沒用過，從小桃口中說出真是相當新鮮。她是從我不認識的國家遠道而來、隻身追尋正義的少女。這種女生或許在中國南方比比皆是，但我想應該沒有不被她的勇氣打動的日本男生吧。就算當個好人，我來試試中國共產黨做不到的事吧！社會底層的勞工們，我將跨越國境來協助你們。小桃淚眼汪汪地看著我。

「阿誠，我寫的文章有沒有錯？」

我把那張紙摺起來，塞進牛仔褲的後方口袋。

「我待會兒再好好看，希望在這街上能找到妳的正義。」

小桃用力點點頭。我們喝了冷掉的咖啡之後，走出店門。原本身體還處於悠閒發懶的狀態，現在因為發現了新主題，這下子從內心深處都抖擻了起來。

吹過池袋街頭的南風暖暖的，我和小桃對著迎面襲來的春風，身體前傾地步向晴朗的街道。

兩人的腳步停在當初相遇的池袋車站北口，小桃回到中式按摩店的街頭拉客崗位，我則是回去當沒有前途的顧店小弟；魔法消失，回到現實。正當我要揮手道別之際，小桃說：

「你看那邊。」

我順著她的指尖將目光往右移，看到ＪＲ鐵道旁高掛的廣告看板。三乘四公尺的巨大看板，夾在黃金週即將上映的好萊塢電影廣告看板之間，充滿懸疑感。一整面的黑底加上粗大的金色蝴蝶結，看起來很豪華，卻只寫著短短一行英文：

在一角印著非常眼熟的KIDS FARM木頭柵欄商標。我說：

「小桃，妳知道那是什麼意思嗎？」

手腕令人佩服的街頭拉客女搖搖頭。

「不知道。不過再一個星期，NIKKIE Z一定有啥新聞吧。」

「我去查查，妳明天再來我家吧。」

我們在時尚的預告式廣告看板前分開，各自回到工作崗位。

回到西一番街水果行，老媽就對我說：

「如何啊？那位ㄒㄧㄠˇㄐㄧㄝˇ。」

她又沒去什麼台灣酒店，真不知道從哪兒學來這個字？我酷酷地回說：

「都什麼年紀了，怎麼可能天天談情說愛。」

老媽好像發火了，對著我走上樓梯的背影大叫：

「胡說些什麼？不管你幾歲，這世上還不是只有男人跟女人。況且你又沒有女朋友，跩個什麼勁啊？」

我一向坦蕩直率，也瞭解老媽說的不無道理，只是不希望她用全商店街都聽得到的大嗓門說出事實罷了。傷心的我默默走進四疊半大的房間，這下我又得在家裡躲個五年了。

我快速瀏覽CD架，找尋合適的BGM，印象中應該有些買了之後就擱著、尚未拆封聆聽的歌劇作品。譚盾出生於中國湖南省，是京劇的二胡演奏家。聽說他十九歲那年接觸了西方音樂之後，就立志成為作曲家（順道一提，當時他聽的是貝多芬的第五號交響曲。的確，我第一次聽的時候也深深被震撼）。他目前住在紐約，接受來自世界各地音樂節的邀約，陸續發表新作，是一位人氣作曲家（在古典音樂界並不多見，但是仍有少數幾位）。

《馬可．波羅》描述馬可的東、西方之旅，歷經一年四季的變化。除了交響樂之外，其中不乏他所擅長的中國琵琶、印度塔布拉鼓、波斯古箏等等。我不斷重複聆聽〈時空之書：春〉的同時，一邊閱讀小桃的文章。雖然有一些日文助詞的小錯誤，仍是一篇文情並茂的檢舉信。既然原本的文章已經如此鏗鏘有力，我想只修改最低限度即可。依照我自己修改專欄文章的原則，幾乎沒出現幾個紅字。

我拿出歷經三個春天的筆記型電腦，利用搜尋引擎輸入KIDS FARM，結果共有一百四十萬件相關資料。沒想到小桃要對抗的敵人如此龐大，眼前一陣暈眩。

總公司的網頁全是四月二十三日的預告廣告。

我快速瀏覽幾個KIDS FARM的非官方網頁。結果一上BBS，馬上就得知這個洋娃娃的最新消息。不過答案還真瞎，就像那些明星情事的現場轉播一樣。到底是從何時開始，我們得被這些無聊的事搞得一愣一愣的？日本的女性只要有小榮的十分之一就好，真該去工廠裡來回奔跑看看。

NIKKIE Z的結婚消息在BBS引起熱烈討論。結婚對象是有才華的饒舌歌手，也是NBA西雅圖超音速隊的後衛名將MC FLY。他和NIKKIE Z是青梅竹馬，從高中開始就互相勉勵「提升彼此的音樂素養」。

我不斷往下移動滑鼠。關於這兩個洋娃娃的身世背景，網站上有許多讀也讀不完的詳細資料。四月二十三日它們會舉行婚禮，真是無聊到極點。晚上一打開電視，又讓我目瞪口呆。

那個黑底金色蝴蝶結的廣告，有如豪雨一樣密集在各個頻道播放。如此不可思議的廣告量，想必砸下的廣告費絕不是普通的數字。KIDS FARM是玩真的，他們打算讓全球NIKKIE Z的一千萬名粉絲，也買下它的另一半MC FLY。結婚的相關活動，是經過周詳計畫的行銷戰略。

倒在起床時沒有摺好的棉被裡，我思考著小桃那一張薄薄的紙要怎麼對抗推出這麼大規模活動的跨國企業？紅氏姊妹與KIDS FARM的關係，就好比伊拉克和美國。在歷史上，正義與資本的對抗向來是資本這方獲勝。

我打算盡全力幫忙，不過最後結局如何，只有努力祈禱了。希望春天的池袋不會發生和其他許多國家相同的事。

不信阿拉、耶穌或佛祖的我，這祈禱究竟會傳到哪裡？

隔天下午小桃來店裡。我稱讚她寫得不錯，她不好意思地笑了笑。我對著轉身離去的風衣背影說：

「妳打算怎麼處理這張紙條？」

「今天晚上印刷，明天就在街上發。」

怎麼印刷？她好像看穿了我的不解。

「應該是叫做油印，對吧？那可是日本的一大發明呢。雖然挺重的，我還是把它從深圳帶來了。還有，我在百圓商店買了影印紙，多得像座山，明天就能在街上發給大家了。」

我對日文說得嚇嚇叫的街頭拉客女佩服不已，盯著她問：

「地點跟時間呢？」

「下午一點在池袋車站東口，然後打算去KIDS FARM總公司門口。傍晚得回來上班，所以只有三、四個鐘頭。」

「這樣啊，那我也一起幫忙。」

小桃當場輕輕地往上跳了一下，迷你裙下的渾圓大腿驚鴻一瞥，令人目眩神迷。

「太好了！謝謝你，阿誠。」

此時，躲在店裡偷看的老媽對我眨眼，破壞了整個氣氛。請你們想想自己的老媽對自己眨眼的畫面。

乾脆我也在店門口發送反對家庭暴力的傳單好了。

我跟小桃第一次站上街頭的這天是週日。雖然下午天空烏雲密布，有點涼意，但人潮倒是沒話說。池袋車站東口擠滿了人群，幾乎看不見人行道。

我們在PARCO門口，混在散發理髮店和高利貸傳單的人之間，發送KIDS FARM的檢舉信。我想你也很清楚，十個人裡面會拿傳單的頂多只有一個，大部分的人根本無視這隻伸出去的手，甚至一副想揮開的樣子。

東京已經沒有任何人想要更多的資訊。無論傳單上面寫了什麼，街頭上發送的訊息實在多得嚇人，加上本身已經夠忙碌了，因此判斷這些免費送上門的資訊一定沒幾個像樣的。

儘管如此，我們還是花了兩個鐘頭，發出一百五十張左右的傳單。就算在這裡，街頭拉客女的表現還是比我優秀，發傳單的速度是我的兩倍。小桃看了看手錶說：

「差不多該去下一個點了。」

我的雙腿非常痠痛，但小桃的意志很堅決。我猜跟她交往的男生一定很辛苦，不管對方是中國人或日本人。

綠色大道是從池袋車站東口一直延伸到護國寺的主要道路，兩側栽種著銀杏樹、櫸樹。整齊延伸數百公尺的辦公大樓，呈現微妙的統一感。

天色灰暗得彷彿從上空灑下溼溼的泥土一樣。東京的冬季天空很蔚藍，而這片灰濛濛的天空，就是春天到來的最佳證據。走在寬得能讓兩輛車輕鬆交會的人行道上，我問小桃：

「為什麼會想要直接找上日本企業呢？」

小桃洩氣地說：

「如果能在中國抗議就好了，但是那裡每家工廠的情況都一樣，根本無計可施。況且警方、法律、媒體都站在國家政黨那一邊。正當我努力尋找方法時，剛好帶到一位日本觀光客——對了，我在家鄉是當導遊的。跟他聊到NIKKIE Z和工廠時，他建議我來日本。他說日本不以政黨為中心，消費者說話比較大聲。若是在那種環境製造出小孩子玩的洋娃娃，想必會引起社會大眾關心。在資本主義世界裡，從金錢來源的上游施壓才有效。」

到處都有頭腦清楚的人。看著小桃的側臉，我被她溫暖的笑容融化。原來是這麼一回事。

「小桃和他還在交往嗎？」

小桃急忙揮揮手。無論在世界哪個角落，年輕女生這時候的反應大抵都相同。

「什麼交往？不可能啦！他住在名古屋，而且有老婆，我們之間只是一個月見一次面、吃頓飯的關係。」

小桃紅著臉解釋，真是純情。我已經好久沒遇到這麼害羞的年輕女子，讓我不禁想放棄發傳單，直接去春天的雜司谷靈園（以葉櫻著稱）散步。此時，人行道的底端聚集了許多人，小桃表情嚴肅地說：

「KIDS FARM到了。」

我抬起頭，盯著將灰暗天空反射得較明亮的玻璃大樓。

KIDS FARM總公司是一棟擁有半反射玻璃外牆的九層樓智慧型大樓，正面牆上掛著一幅十餘公尺的黑布，並且打上一個寬度跟雙人床差不多的金色蝴蝶結。4．23，NIKKIE Z即將如何？這裡也清一色都是婚禮宣傳活動。

一樓天花板挑高約五公尺，除了櫃檯，還有自家商品的展示空間。人群完全集中在NIKKIE Z娃娃那一區，除了有總公司限量發售的特別版洋娃娃，這裡還販售名設計師為洋娃娃設計的服飾。

無論是小學女生或年輕媽媽都穿著同樣性感的露肚臍裝，站在排隊隊伍中，大家的手上都已經有一個洋娃娃。我覺得錯亂，似乎完全來錯地方。小桃壓低音量說：

「阿誠，走吧。」

鑽進人行道的人潮裡，我們開始發送KIDS FARM洋娃娃的製造工廠內幕的檢舉信。我自暴自棄、豁出去地叫喊：

「各位，這上面有可愛的NIKKIE Z的祕密喔，也傳給妳的朋友看看。」

小學女生全部衝到我面前，那一瞬間，我以為自己是NHK兒童節目的體操哥哥，對方既然是小朋友，我就該展現爽朗的親和力。小桃和我拿著小瓦楞紙箱，來回穿梭在KIDS FARM的大門前發傳單。

展示中心似乎注意到我倆的舉動。第一個走到我們面前的是穿著粉紅色與紫色相間的六〇年代緊身洋裝的展示小姐，她一臉困擾地說：

「請問您在做什麼呢？」

我露出微笑，把十多張傳單遞給戴著假睫毛的捲髮小姐。

「這裡有NIKKIE Z娃娃的誕生祕辛，請妳交給公司的高層。上面寫的都是事實，而且我們之後還會每天出現在這裡，也會去池袋車站前發。如果貴公司覺得不妥的話……」

我看到小桃豁出去的認真表情。接下去該怎麼說比較適合呢？我想了一下說：

「……請跟我們談談怎麼做才正確。」

展示小姐一副狀況外的表情，拿著傳單走進巨大的玻璃自動門。小桃和我齊聲說：

「這裡有NIKKIE Z的誕生祕辛，歡迎各位免費索取。」

果真印證了廣告理論所說，訊息只需重點式傳遞給目標族群，就能事半功倍。我對著擠在人群中繼續發傳單的小桃說：

「車站前的效果不好，明天起只來這裡就好了。」

街頭拉客女的表情充滿鬥志，朝我點點頭。

⚜

展示小姐回去五分鐘之後，KIDS FARM就有回應了。一位穿著時髦深灰色西裝的男人，雙手交叉抱胸地出現在我們面前。他戴著Alain Mikli的薄薄四方形眼鏡，幾根劉海飄散在前額。他是一位三十多歲的中年男子，看起來有點像校園偶像劇裡討人厭的班級幹部。後面跟著兩名身材魁梧的男性職員，穿著極沒品味的藍色西裝外套，直盯著我們。中年男子低頭客氣地說：

「雖然我不清楚到底發生什麼事，但是您在這裡發這種中傷公司的傳單，敝公司實在非常困擾。況且下週還有NIKKIE Z的婚禮活動，所以現在是非常敏感的重要時刻。在這裡說話不方便，可否請您到敝公司裡聊聊？」

我有多少年沒聽過這麼客氣的言談？我看了小桃一眼，她對我點點頭。我不想輸給這個中年男子，便對他說：

「瞭解。我們無意傷害貴公司的主力商品，這不是我們發傳單的目的。我們非常希望跟貴公司聊一聊。」

小桃跟在我旁邊穿過印著金色蝴蝶結的自動門，走進時髦、有品味的玩具公司。

⚜

磨得晶亮的白色大理石地板，淡淡映照出高大椰子樹伸向天花板的綠影。數百種NIKKIE Z相關商品陳列在宛如高級精品店的玻璃櫃、木製手工櫃裡，其中包括NIKKIE Z面具、派對配件等等。

我發現一個上鎖的櫃子，裡頭擺著十八K金的粉金色機械式計時手錶，MADE IN SWISS。數字閃爍著鑽石的光芒，錶面精細地浮雕出NIKKIE Z的臉；成人佩戴的要價九十五萬圓，小孩子的則是七十五萬圓。誰會買這些東西啊？

我想起為了週薪八百日圓奔走到死的小榮，這個世界真是完全不公平，架構完全不對稱。在分割成一小格、一小格，寬幅達十公尺的玻璃櫃裡，陳列著身穿各民族服飾的洋娃娃標本，其中也有穿著絲質旗袍或以黑色緞面紗巾包裹全身、只露出眼睛的NIKKIE Z。真是諷刺透頂。

正當我看得目瞪口呆之際，那位知識分子模樣的中年男子說：

「若您有中意的，待會兒送給您。請往這邊走。」

我們被領到一間位於白色走廊後方、沒有窗戶的房間，牆壁和地板都是白色的，桌椅也是白色的。對了，架在天花板四個角落的監視器都是白色的。這是一間白得徹底的監獄。難道這是為了將那些難纏客人與一般顧客隔離所設置的特別房間？我們與男子隔著桌子坐下，不久後茶壺就送來了。裝模作樣的男子站起身，雙手遞出名片，我只好急急忙忙地站起來收下。**KIDS FARM株式會社廣告部經理　中西高彥**。他推了推眼鏡，用介於微笑與困擾的表情說：

「我已經拜讀了傳單。敝公司的確發包給深圳的高興有限公司製作NIKKIE Z，不過它既不是我們的子公司，我們之間也沒有任何資金合作關係，那是一間獨立的企業。很可惜敝公司不能只因為它是我們的發包廠商，就插手管另一個國家獨立企業的勞工關係或福利制度。很抱歉敝公司無法給您滿意的答覆。」

小桃身體前傾，一副要站起來的樣子。她用手掌拍桌子。

「我姊可是為了生產NIKKIE Z才喪命的。」

我壓住小桃的手，在她耳邊說：

「在這裡可別亂來，有監視器在拍，只要打破一個茶杯，都會背上損壞物品的罪名。」

我重新將目光移到經理身上。

「中西先生，您說得有理。不過那間工廠近九成的營收來自於KIDS FARM，若說貴公司完全沒有影響力，我也不相信。如果貴公司堅持不做任何回應的話，我們只好每天繼續來貴公司門口報到，發傳單。大門前面的是公有道路，當然可以自由進行抗議活動。之後再視情況，就算要到東京各大玩具店門口發傳單，我們也不介意。」

中年男子眼鏡下的目光銳利，看來終於要露出本性。但是灰色西裝男仍然不畏怯地說：

「那就這麼辦吧。請給我看深圳醫生開出的正式死亡證明，還有姊姊在工廠工作的紀錄，畢竟我們很難單憑這一張傳單處理事情。我們將會靜待您備妥相關的文件。」

真是個聰明人。等我們把資料準備好，4・23的世紀活動早就結束了吧。小桃很傷腦筋的樣子。

「我知道貴公司有貴公司的處理方法，不過在準備資料的這段期間，我們不會暫停抗議活動，也會把這張傳單寄到各家媒體。」

廣告經理面露難色，不過依舊不退縮害怕。真是一個不簡單的談判高手。

他把手伸進外套的內層口袋，拿出某樣東西，順勢放在白色桌上。

「非常感謝您今天的諫言，這是謝禮和交通費，請務必收下。」

我拿起什麼都沒寫的白色信封，確認內容物。裡頭裝著一疊整齊、沒有摺痕的萬圓紙鈔，大約是一本薄薄通訊錄的厚度。我看了小桃一眼，把信封還給他說：

「我們不是為了這個而來的。小桃，走吧。」

我們小心沒破壞任何一樣東西，慎重地走出全白的房間。

⚜

離開KIDS FARM，在人行道上轉頭看這棟智慧型大樓，外圍玻璃牆面擦拭得很光鮮亮麗，似乎沒有一丁點瑕疵。

「妳能拿到醫生開的死亡證明、工廠的出勤記錄嗎？」

剛才緊張過度，導致現在看起來有點恍神的小桃回答：

「我可以拜託爸媽幫忙處理，不過不知道什麼時候才能拿到。還有工廠那邊，說不定他們不肯給相關的出勤證明。」

「無論如何，一定要準備更多姊姊的資料，照片或是同事的證詞都好。記得跟爸媽說，把所有收集到的資料全都寄過來。」

雖然有點疲累，不過能進總公司一趟，還是讓我們覺得亢奮。從展示中心延伸到人行道，是一長串色彩繽紛的隊伍，大家都想買限量洋娃娃。我發現隊伍裡有一個熟面孔，她曾在G少年的集會活動出現過。

「喂，幹嘛排隊啊？」

一頭捲髮的G少女，胸前抱著一個穿綠色亮片運動裝的NIKKIE Z。難道是一套主人娃娃裝嗎？她也穿一身繡著亮片的運動裝。

「阿誠也喜歡NIKKIE Z嗎？今天是它的春裝發表會喔！」

她一直偷瞄小桃，然後靠在我的肩上說：

「女朋友嗎？很正喔。」

小桃只是笑笑沒說話。

「她是新的工作夥伴。對了，4．23有什麼大事啊？」

G少女的反應出乎意料激烈，還好我跟她說話的這一刻，沒被老媽看到。

「唉呀！不得了耶，下午時段的八卦節目會來展示中心採訪，全日本都將熱烈討論NIKKIE Z和MC FLY的結婚話題。」

所謂和平之國的無端瞎鬧。

「現場轉播？嗯，好兆頭。」

夜長夢多對我們不利，一定得在4．23之前做個了斷。在宣傳活動的高潮、聚集全國民眾關注的時候，就是攻擊的最佳時刻。這就叫做速戰速決的打帶跑策略。

往車站的回程路上，我一直自言自語，小桃有點擔心地看著我。女生總是用詭異的眼神看我，我早就不在意，也習慣如此沒人氣了。

和深具女人緣的MC FLY娃娃相比，我又一次體會到令人絕望的不對稱。

我想得太天真了，KIDS FARM這種大企業怎麼可能默不作聲。當天晚上正要關店時，我的手機響了。

「阿誠。」

傳來小桃怯懦的聲音。

「怎麼了？」

「我沒辦法在街上工作了。今天店裡一個客人都沒有。」

怎麼會呢？我還不瞭解怎麼一回事。

「北口發生什麼事了？」

「好多警察在這兒走來走去，只要我上前拉客，警察就馬上圍過來，害我一個客人也沒拉到。我的薪水是抽成計算的，這樣下去沒辦法生活了。」

「我知道了，待會兒再回電話給妳。」

掛掉電話之後，我看了手腕上的G-SHOCK一眼，差幾分鐘就半夜十二點。我一邊擔心會不會太晚了，一邊尋找池袋署生活安全課吉岡的電話號碼。話筒那頭果真傳來讓人害怕又不爽的聲音。

「……喂。」

我盡量以甜美可愛的聲音說：

「我是阿誠，現在方便說話嗎？」

對方的口氣更加不爽，甚至可以聽到他搔弄髮量稀少的頭部的聲音。

「我馬上就說完，別再搔頭啦。」

「我正打算去洗澡，現在一絲不掛，冷得要命，有話快說！」

我想像吉岡用一條毛巾遮住重要部位的樣子。真希望人類擁有輕鬆刪去影像的delete鍵。

「今天傍晚取締北口拉客女郎的警察怎麼那麼多，怎麼了嗎？」

「這件事啊，還不是因為有許多當地居民匿名通報，說什麼中式按摩店的拉客女非常煩人，要我們解決一下。如果警察接到十通抱怨電話，當然不能坐視不管囉。滿意了嗎？」

我最後問他：

「該不會是KIDS FARM通報的吧？」

「KIDS FARM是什麼？」

完全不關心流行的警察。

「沒事。你好好去泡澡，流流汗吧。」

掛掉吉岡的電話，我的目光望向接近末班電車時刻的西一番街。這個寧靜春夜，街上幾乎沒有任何行人，霓虹燈、街燈寂寞地映照著街頭。西口這裡手中拿著傳單、在街道移動的拉客女，好像沒受到影響。我打給小桃，向她說明原委之後，她嘆了一口氣。

「這個月或許還能勉強撐過去，不過下個月就沒生活費了，一定得想想辦法……畢竟我不想下海賣身。」

「那可不行，妳又不是為了下海才來日本。如果被KIDS FARM的人知道的話，一定會繼續被整。

我看二十三號之前得做個了斷，我有個想法。」

我們相約隔天下午一點在東口PARCO見面，然後就掛斷電話。雖然沒跟她交往，不過有個美女跟我道晚安來結束一天，這感覺還真不壞。

⚜

星期一又是混濁的春季天空。我完成開店的準備工作之後，就朝東口PARCO走去。今年流行的顏色好像是各種深淺不一的綠色，櫥窗裡的假人模特兒都穿著綠色的衣服，將鮮豔的菜花盆栽當背景，非常高雅。我坐在櫥窗邊等小桃。

工作遇上麻煩的街頭拉客女遲遲未出現。我拿出手機打給她，十五分鐘之後，她雙手提著粉紅色高跟鞋，赤腳走在池袋車站前。一邊臉頰有輕微的內出血。

「怎麼搞的，小桃？」

小桃看到我就放心的樣子，隨即在人潮中蹲了下來。我跪下來把手放在她顫抖的肩上。

「妳說說到底發生什麼事？」

小桃拚命忍耐不讓淚水滑落，用劉海遮住被打的臉頰。

「我在地下道前被一群男人襲擊，他們想搶走裝傳單的箱子，但是我死命抓住，所以他們就用力打我、踢我。他們一定是日本的黑社會流氓。你看。」

小桃舉起高跟鞋給我看，有一腳的鞋跟斷了。

「看來KIDS FARM玩陰的。妳在這裡等一下，我去買三秒膠。」

往附近便利商店的路上，我思忖著昨天一定有人跟蹤小桃回家，才會知道她家和工作地點。他們開始耍賤招了。想想他們正要炒熱投下幾億宣傳費的大活動，此時居然出現一個奇怪的中國女子，還把檢舉信發給消費者、媒體，也難怪他們會如此不講理。

如果出現一個可能擊倒他們的障礙物，KIDS FARM就會將它完全粉碎，只為了無限擴張利益。他們本身的體質應該也有問題，為了提高利潤，以致發包數量過於龐大。情況持續下去的話，我相信中國西南部很快又會出現一個小榮。

我看著有模有樣的櫥窗，內心五味雜陳。在這個社會，消費者已經不能只是一個單純的消費者。光是因為便宜、可愛、方便而買，那可不行。當自己選好某樣東西付錢時，不能不預想一下這個購物行為，是否會在地球上某個遙遠的國家產生蝴蝶效應。你一定不願意自己的購物行為，害某個國家的小孩喪命吧。

購物行為在倫理上、哲學上演變成一道難題。

我祈禱在便利商店買三秒膠這個購物行為，不至於讓誰受苦。

⚜

即使如此，小桃和我都沒喪氣。小桃的公寓約四疊大，沒有浴缸，距離北口徒步約十分鐘。我們在潮溼的榻榻米上，重新印刷三百張傳單，打算再次站上街頭。這次傳單不是放在箱子裡，而是放在塑膠袋裡，塞在我牛仔褲的腰間。

彷彿宣戰似的，我們邁向綠色大道的KIDS FARM。

「NIKKIE Z的祕密。」

今天的排隊隊伍比星期日短了一半，我們把傳單發給隊伍裡的人。廣告部經理在玻璃的後方，用深不可測的眼神直盯著我們。我把三秒膠塗在傳單上，貼在他眼前的玻璃上。

警衛飛奔出來之前，我對小桃說：

「走吧，這裡發完了，接下來是郵寄的部分。」

天空變成即將下雨的沉重銀色，我們迅速返回西一番街。老媽一看到小桃腫脹的臉頰，臉色就大變。

「不是你幹的吧？」

小桃無力地搖搖頭。

「我們要在房裡準備東西，妳別來囉唆。」

我走進四疊半的房間，上網搜尋各大媒體的地址，把想得到的新聞節目名稱寫在信封上，裡頭放進傳單和小榮的照片影本，聯絡電話則是留我和小桃的手機號碼。

希望有人因為這個誘餌上鉤。畢竟一張紙和廣告大贊助商比起來，前者的贏面實在不大。

⚜

就像在桌下互相踢腳，這是一場暗地裡互揭瘡疤的硬仗。跟那些平常在一起混、光有蠻力卻沒啥頭腦的街頭小混混不同，KIDS FARM出的招數未免太卑鄙了。

臉色發青的小桃出現在店門口時，已是當天的午夜時分。夜裡下起無聲無息的春雨，小桃無力地撐著一把破掉的中國製塑膠傘。正打算拉下鐵門的老媽發現之後說：

「小桃，發生什麼事了？」

小桃不再隱忍淚水。

「伯母、阿誠，我幫按摩店拉客的工作沒了，下個月就沒辦法養活自己了。」

老媽帶小桃上二樓，用毛巾幫她擦乾淋溼的肩膀和頭髮。小桃邊啜泣邊說出的事情經過大致如下：

繼通報警方、襲擊小桃之後，趁我們在總公司門口發傳單的時候，他們又打了一通電話。這次是向小桃工作的按摩店密告，說什麼你家的拉客小姐跟本地大企業之間有些糾紛，因此最近北口的特種行業才會生意欠佳，如果你們繼續用她的話，警察臨檢將沒完沒了，然後這通匿名電話就突然掛斷了。怕事的老闆當場請小桃走路。特種行業一旦被警察盯上，便很難經營下去，所以也不能怪不知情的老闆。小桃最後說：

「我放棄了，決定搬到其他地方找份兼差工作。我還想多留在日本一會兒，所以我得忘記姊姊和KIDS FARM的事。」

老媽默默地抱著小桃的肩膀，我的肚子卻像沸水般不停滾動。一個女子隻身遠赴距離家鄉數千公里的城市，只為尋找小小的正義。難道這就是最終的答案？既沒得到正義或些許補償，更別提現狀有任何小小的改善，就要忘了一切，隱身在太陽照不到的陰暗角落？

難道日本這個國家只會把幾萬個像小桃這樣的人，當作用完即丟的勞動人口？那麼這個國家跟深圳工廠簡直如出一轍。我們誰都不是工廠裡的輸送帶，也不是染紅娃娃雙頰的噴漆機器。我對小桃說：

「我知道了。既然隨時都可以夾著尾巴逃走，妳想不想在4．23之前為姊姊拚一拚？我想對方也瞭解妳姊姊的死不是件光榮的事，不然幹嘛處心積慮打倒妳。聽好，他們怕得半死呢。」

老媽抬頭看我，默默地點點頭。小桃也抬起腫脹的臉說：

「我知道了，我會努力撐下去。」

老媽聲音開朗地說：

「就這麼決定！從今天開始妳就住這裡，睡我房間。放心，我不會把妳丟給飢渴的大野狼。」

小桃說了一句「伯母」之後，就邊哭邊抱著我老媽。不知為何，我身邊的女生總是搞錯該擁抱的對象。明明眼前就有一個比MC FLY好上幾十倍的真人。女生沒有識人眼光還真傷腦筋。

◈

這天晚上，我撥了池袋熱線，也就是直通小混混國王手機的生命線。接通之後，我對崇仔說：

「週三晚上是不是有定期聚會？」

就算已經是四月下旬，崇仔如冰一般的冷酷依舊沒有半點融化。

「阿誠，你會關心集會什麼的還真是稀奇呢！怎麼啦？」

「不知可否讓我露個臉，跟大家說幾句話？」

他對此很感興趣，電話那頭的空氣迅速降溫。我簡短敘述小紅與KIDS FARM之間的對抗，崇仔以鼻息回應。

「這次沒有任何酬勞。不過，我很想幫小桃，而且也看不過去KIDS FARM的手段。」

崇仔爽快地說：

「在我們這個世界，那些手段不算什麼，只是基本常識。」

我用力地說：

「無論什麼常識、公司，還不都是人想出來的，不能說絕對沒有錯。」

崇仔低聲笑著說：

「星期三晚上就讓你把這股熱誠表現給G少年看吧。晚上十點，南池袋公園見。」

電話突然被掛斷，四疊半房間充斥著春天安靜的雨聲，宛如溼潤的指尖觸摸全身，春雨並不惹人討厭。我再次聆聽《馬可．波羅》，一邊構思後天的演講草稿。我乾脆來當池袋國王演講稿的捉刀人算了，不知道他一次會付我多少錢。

⚜

天空持續陰沉，終於到了聚會的夜晚。這兩個白天連續十個小時，我和小桃繼續在池袋街頭發傳單。距離十點還有十分鐘時抵達公園，噴水池前方已經聚集了兩百名以上的G少年和G少女。將近一半的女生手裡拿著NIKKIE Z。對原本就受黑人街頭流行影響很深的G少女而言，這個SOUL DIVA企劃正合胃口，因此這一區首先給予熱烈反應。

崇仔站在幾年前京一展現奇蹟舞蹈的噴水台上開口說話。他穿著白色軍褲、大領口的混絲套頭毛衣，脖子上戴著附戒指的項鍊，一閃一閃反射出街燈光芒。

「阿誠有話跟大家說。」

我推著小桃的背往前走，爬上高度大約到膝蓋的石製噴水台。小桃像日本人一樣，深深地一鞠躬。

我控制著音量說：

「她是從深圳來的紅小桃。去年夏天，她姊姊死於妳們手上拿的NIKKIE Z的製造工廠。小桃，告訴他們吧。」

我說得再多，都比不上實際失去姊姊的小桃說的一句話。而且這次想要說服的不是G少年，而是G少女。小桃對著如無風水面般平靜的小混混們，敘述世界某個角落裡奴隸工廠的故事。我抬頭一望，四四方方的太陽城光影斑駁，矗立在吸了許多墨汁的夜空裡。夜晚正要揭開序幕。

⚜

小桃話一說完，就有幾個G少女把NIKKIE Z娃娃放在公園地上。任誰都不想一直抱著沾染某人血汗的娃娃吧。我接著說：

「星期五在KIDS FARM總公司的展示中心，即將舉辦NIKKIE Z和MC FLY的婚禮活動。據說午間八卦節目也會到現場連線報導，所以我們打算告訴全國女性關於小榮的死。這次不需要男生，想要拜託讓人引以為傲的G少女。雖然沒有酬勞，不知大家是否願意為小桃以及她死去的姊姊出點力？」

此時有位G少女直直地舉起右手，她就是週日在KIDS FARM前面排隊、穿著運動裝的女生。

「我一定會去，不過該做些什麼呢？」

我展現必殺的笑容。居然沒有一個女生為此傾倒，真是讓我不解。

「那天大家的穿著盡可能華麗一點，我希望把池袋G少女的模樣傳遞給全國女性同胞。總之，要打扮得引人注目。」

沒想到現在居然還有黑臉辣妹，她大叫：

「真的可以盡情打扮嗎？好像很有趣呢。」

我對著尚未甦醒的春天夜空舉起雙手，就像日本火腿隊的新庄附身一般：

「盡情打扮吧！」

G少女不自覺地鼓掌。我跟崇仔擊掌之後走下噴水台，池袋國王對我微笑，並在我耳邊小聲地說：

「你依然這麼會捧這些笨蛋。」

我把右手放在胸前，稍微彎著腰。

「我還遠遠不及陛下您呢。對了，崇仔，可不可以跟你借一輛車窗貼著黑色隔熱紙的車？」

他點點頭，隨即進行當晚的第一個聚會議題。

❦

星期四溫暖的陽光再度出現。我和小桃發傳單的工作告一段落，因為明天就是世紀婚禮活動了，如果我們今天沒有任何動作的話，對方或許會大意。

下午進行試裝，小桃試穿跟G少女借來的綠色亮片運動裝，我則試穿了同款的情侶裝。我就甭說了，不過身材姣好的小桃穿起來，就像霹靂嬌娃般合身。我對著鏡中雙頰羞紅的中國女孩說：

「我知道妳一定不喜歡，不過請抱著它吧。」

我把穿著同樣款式運動裝的NIKKIE Z拿給她。小桃像是挺喜歡地將它抱在胸前，沉醉地盯著鏡子。

「我瞭解大家為什麼對它這麼瘋狂，如果我出生在日本，或許也會愛上它。」

我聳聳肩什麼話都沒說。資本主義的確讓人開心，如同毛澤東所說：走資派的毒是甜的❶。

◈

歷史性的4．23是個大晴天。讓人產生夏天錯覺的陽光灑落池袋街頭，過午氣溫達到二十五度以上。為了配合下午兩點的八卦節目，宣傳活動即將開始，我們早在四個鐘頭之前，就已經在KIDS FARM前方的人行道占位子了。

大約聚集了五十名G少女，每位都是誇張的夜店裝扮，大露特露，肩膀、大腿都有許多民族風刺青。我和小桃以及好幾對情侶都戴著NIKKIE Z的面具，混在G少女之間。這麼熱的天氣，實在不適合戴橡膠面具，跟刑求沒兩樣，汗水如瀑布般從臉頰流下。

電視節目工作人員於正午抵達，共有一台攝影機、記者、收音人員、燈光人員、導播、兩位助理導播。真不明白電視現場轉播需要這麼多人嗎？

幾名警衛和廣告部的員工此時也走出KIDS FARM總公司。電視台與玩具公司的男員工互相打招呼寒暄，那位讓人不爽的廣告部經理不忘遞給所有人名片。

三十歲左右的年輕導播注意到我們這個團體。我一秀出G少年的手勢，G少女就迅速跳起來，像啦啦隊一樣生氣勃勃地開始跳舞。我們也準備了顏色鮮豔的彩球。

「N‧I‧K‧K‧I‧E‧Z，NIKKIE Z最棒！」

原本是新體操社團成員的G少女由四個人撐著，以騰空一百八十度劈腿做為結束動作。導播點點頭，過來攀談。

「妳們是什麼團體啊？」

其中一位G少女說：

「我們是池袋熱情的NIKKIE Z後援團，因為這是本地的活動，所以特地來炒熱氣氛。」

充滿朝氣的歡呼聲持續著。跟記者交頭接耳之後，這位獵裝夾克上有無數口袋的導播朝我們走來。

「節目一開始，我們的記者會先介紹大家，到時可不可以再跳一次剛才那段舞蹈？」

五十個人齊聲發出YEAH——這次是發自內心的歡呼。

---

❶毛澤東在國共內戰期間曾用「糖衣炸彈」一詞，比喻倘若以美國為首的資本主義入侵、滲透中國，長時間將可能使共產黨員腐化並顛覆社會主義路線，而後「糖衣炸彈」成為中國官員、媒體頻繁使用的負面詞彙。

馬上到了正式轉播時刻，G少女在KIDS FARM玻璃門前集合。節目流程是記者先在門口介紹洋娃娃有多麼受歡迎，以及現場熱鬧非凡的景象之後，就把鏡頭轉到總公司的展示中心。

中心裡放著一只打著金色蝴蝶結的黑色箱子，裡面就是真人版大小的NIKKIE Z和MC FLY。據說女娃娃穿著鑲滿鑽石、造價三千萬日圓的白色婚紗，男娃娃則是穿著白色燕尾服。真是蠢到極點。

社長倒數讀秒之後，箱子就會被打開，繼而進行婚禮派對。會場來了許多不上不下的藝人、廣告模特兒、女星。結束簡單的彩排，五分鐘之後就是正式轉播。女記者以高半個音的語調播報，感覺非常拚命。宛如夏日的明亮陽光、舒服的微風，這是一個絕佳的現場轉播天候。

「記者在池袋KIDS FARM為各位現場報導。大家知道今天是什麼日子嗎？」

她回頭看我們，但是沒有任何人回答今天是NIKKIE Z的婚禮，記者馬上臉紅。G少女迅速分成兩邊，形成守護我和小桃的隊形。於是導播小聲地問：

「怎麼一回事？」

我和小桃脫掉NIKKIE Z面具之後，小桃面對攝影機拿出滿是血跡的NIKKIE Z娃娃以及紅小榮的照片；照片有兩張，一張是她美麗的笑容，另一張一看就知道是解剖台上的屍體照。小桃很快地說出一串話：

「中國的NIKKIE Z工廠謀殺了我姊姊。各位支持者，這個娃娃沾滿了中國女性的鮮血。請大家協助改善工廠環境，現在就請打電話給KIDS FARM抗議。希望不會再發生為了娃娃而死於非命的不幸。」

現場轉播陷入一片混亂，似乎沒有任何人正確掌握狀況。警衛走進G少女團體中，不過也不可能在鏡頭前毆打她們，只是互相推擠而已。第一個來收拾殘局的是那位廣告部經理，他穿著灰色西裝，衣領飛揚地朝著被嚇得臉色一陣青一陣白的記者走近，對著麥克風說：

「謝謝這位小姐特地來此通知我們關於中國工廠的狀況，敝公司感到事態嚴重，將立刻展開調查，再向全國支持者報告。小紅小姐，非常感謝妳。」

鏡頭從他的臉移開之後，他刺人的目光就直盯著我和小桃。我在他眼前比出下一個手勢，五十個人隨即齊聲喊：

「NIKKIE Z不要殺人！NIKKIE Z不要殺人！NIKKIE Z不要殺人！YEAH——」

我完全不清楚後來節目還進行了七分鐘，我們在轉播結束之前就解散了，「跑得快」是在池袋街頭生存的絕對條件。

崇仔一直在街頭對側的雪佛蘭ASTRO車裡看著我們，在車窗貼著黑色隔熱紙的休旅車裡，還有幾名戰鬥人員以防萬一，不過這次並沒有派上用場。真希望每次都能像這樣，不見血地順利完成工作。

⚜

當天傍晚，中西經理打電話給小桃，說是訂了一間目白四季飯店的房間，還說由於公司內部成立了發包工廠勞動條件的審查部門，希望小桃以證人身分出席發言。

我對於瞬間做出判斷的廣告部經理另眼相看，他為了穩固公司，半天之內方針大轉變，這招見風轉舵還真讓人吃驚，相信他絕對是未來社長的有力候選人。

這天晚上我開日產小貨卡送小桃去高級飯店，那位中年經理跟幾名男子一起在大廳等候。他們看到小桃之後，滿臉笑容地上前寒暄握手。他雖然沒跟我握手，不過嘴裡說著：

「著實被你擺了一道。你要不要來我這兒工作？想必你一定能馬上升為區長。」

怎麼搞的？懂我實力的全是這些男人。我笑著搖搖頭，廣告部經理接著說：

「上次的信封還在我的內側口袋裡，你真的不要嗎？」

我朝他伸出手，不是要拿信封，而是要跟他握手。幾個小時前我們還是敵人，現在卻誠懇地互相握手，這也是資本主義的習慣，生意永遠比私人情感優先。我看中國公司很難找藉口搪塞這個男人吧。

「你稍早的聲明真是了不起。不過，娃娃不應該在有人過勞死的地方生產，而是在合理的工廠生產比較好吧，如此才能獲得全世界的支持。至於錢不用給我，給小桃吧，畢竟她現在失業了。」

不知是哪個職員幫忙拿著小桃的包包，這跟昨天之前如棄敝屣的態度真是極大的對比。飯店職員前來殷勤地招待。

「我帶您去房間，請往這邊走。」

小桃露出希望我陪她一起去的表情。

「接下來就是妳一個人的戰鬥了。有事的話就來店裡，只要我能力所及，一定會再幫妳的。」

小桃盯著我看，然後就像旭日時分鮮花綻放一樣，慢慢笑開。

「以前我非常討厭日本男人，又色又小氣，還把我家鄉的人當成笨蛋。不過，還是有像阿誠這樣的好人。等這件事告一段落，請你來我家玩，我們一起吃些美食吧。」

我用力地點點頭，然後走出飯店大廳。義大利大理石、鍍金、桃花心木櫃檯等等，對我而言都是致命過敏原。高級飯店總是讓我感到慌張。

晃著鑰匙圈，腳底的運動鞋朝小貨卡移動。春風不只輕柔，還預告了下一個季節的灼熱。飯店建築物對側有座日本庭園，濃濃綠意就像綠色的燈光，姿勢端正有如玩具兵的門房對我微笑。

那個微笑想必是勞工階級的附屬品。這個春天的尾聲，我到底有沒有去小桃的房間，此乃日本與中國之間的外交機密。不過，有一點請你們就當作通則牢記在心：中國女生非常、非常迷人。

如果不瞭解這句話的意思，那就是你的不幸了。

池袋ウエストゲートパーク

反自殺俱樂部

在我們生活的這個國家，每天有將近一百個人無聲無息地消失。❶這樣的訊息多半不會被報導，除了親近的人之外，外界少有機會得知。某天，他們就這麼突然從世界上消失，刻出一道道傷痕。逝者已矣，但是被拋下的親人情何以堪？

留在世上的親人像是落入了真空裡，感情完全被掏空，剩下的是無盡的疑問——為什麼？為什麼？多麼希望和他再相處一些時間，現在卻……一切的疑問全部都被真空吞噬，沒有任何回音，沒有任何答案，無法被理解或說服，成了永無止境的單向發問。永遠無法癒合的傷口像是一個隱形深淵，時時存於日常生活中，它偶爾會磨一磨玻璃般的銳牙，冷不防地襲擊留在世上的親人。你們知道嗎，這種狀態是會傳染的。我想對全日本的父親說一聲：如果孩子未滿十六歲，要是爸爸自殺了，孩子的自殺傾向將比一般人高出幾百倍。這是一個統計事實。難道你們覺得孩子變得跟自己一樣也無所謂嗎？

先說清楚，我並不是什麼偉人，也不打算說教，自殺好、自殺不好，我對兩者其實都存有疑惑。我只是覺得，如果有位親人這麼做的話，我應該會陷入無盡的悲慟之中吧。當然我明白人生挺苦的，我們誕生在這個無聊的世界，沒有誰是被安排來輕輕鬆鬆過日子的。我想你一定盡了全力，不過實在不必留

❶日本的每年自殺人數自一九九八年突破三萬人並逐年劇增，二〇〇三年時更創下三萬四千四百二十七人自殺的歷史紀錄，而作者寫〈反自殺俱樂部〉期間正值這段高峰期。事實上根據世界衛生組織的調查，日本歷年的自殺率並非名列前茅，相比之下鄰近的韓國自殺率更是居高不下，然而日本是世界七大工業國中自殺率最高的已開發國家，再加上國內電影、動漫、小說乃至文學頻繁地探討自殺，才會讓外界長期將日本與自殺大國劃上等號；另一方面，儘管在日本自殺人口中以老年男性占多數，而「健康問題」是最大的自殺主因，然而多年來自殺卻是青壯年族群的第一死因，這點在近年的韓國同樣成為嚴峻的課題（參考網站：世界衛生組織維基百科、nippon.com）。

給親人這種傷害，不是嗎？

真是的，一開始就寫得這麼灰暗。梅雨過後，進入乾燥的酷暑，等你聽了我親眼目睹那些靜默屍體的故事之後，應該就能體諒。無數具一氧化碳中毒的屍體，就像蠟像一樣透著粉紅色。這個夏天是個讓人不願回想的集體自殺之夏。

我真希望自己當初沒被帶去那個世界。那種真空的狀態極具威力，一副要把活人給吸進去似的。為了抵抗它，我們必須集中所有活著的力量跟它拚了。

那麼就開始來聊聊這個夏天吧。這次是關於在網路上結網的蜘蛛VS.反自殺俱樂部的故事。這裡說的「蜘蛛」，可不是好萊塢那個穿著薄薄緊身衣、展現特異功能的蜘蛛人。它不是卡通人物，而是也曾掉進痛失親人的真空漩渦裡，帶著傷痕、雙目濡溼地尋找獵物的人。

至於我是哪一邊的幫手，不用說也知道吧。

當然是有迷人女性的那一邊囉！想要對抗死亡，怎能缺少生存的甘甜蜜汁。聽完這則故事之後，請你們去什麼奇怪的地方玩樂都可以，享受女人也好、美酒也好、甜食也好。別只是工作，日本的夏天需要更多美好的人生。

⚜

梅雨季結束之前，氣溫就已經飆到三十五度，東京的夏天簡直要故障了。我坐在西一番街水果行的後頭，吹著電風扇的熱風。店裡就像時髦的露天咖啡座，就算裝冷氣也沒用。把水灑在鋪了彩色磁磚的人行道上，就好比影片快轉般瞬間就乾了，只留下攝氏五十度、溼度百分百且讓人不舒服的水氣。

體育娛樂報又刊登了東京某處的集體自殺新聞。

報導的敘述簡短、篇幅很小。這陣子每個禮拜都發生集體自殺事件，因此漸漸失去新聞價值。一大清早，江東區掩埋場的某輛小貨卡裡被人發現三具屍體，據說是在附近遛狗的居民聯絡警方的。車子的副駕駛座下方放著木炭火爐，難不成現在的自殺者也流行復古風？怎麼大家都想要使用令人懷念的木炭？

我將視線從報紙上移開，望著熱氣騰騰的池袋車站。不知道是否會有個絕世美女從海市蜃樓的對側走來？我們一起乘坐飛天魔毯前往某座高原，化身成亞當和夏娃，在那裡不斷地大啖禁果。不知為何，光是想到「禁果」這字眼就讓我心情大好。

「這裡有一位叫做真島誠的人嗎？」

我從白日夢裡醒來，抬起頭。回到現實生活中，沒想到惡夢竟出現在眼前。他是一個穿著軍裝的男子，擁有像一座小山般的魁梧身材。

⚜

下半身穿著從美軍單位外流的卡其褲，配上黑色繫帶叢林長靴，上半身則是已滲出汗水的同色卡其背心，身高應該有一百九十公分吧。無論橫看、豎看都超出一般規格的男子，金色長髮像鬃毛般垂下，從遙遠的上空俯視著我。全身配件只有左耳垂上那一顆草莓大小似的銀色耳環。

「真島誠在嗎？」

我還在恍神時，他又問了一次。或許那時候應該假裝是別人才對。接著，從這個龐然的身軀旁，探出一個松鼠臉女子。她擁有小泉今日子全盛時期的尖下巴，還有一對明亮的雙眸。她也用清晰的聲音問道：

「聽說真島誠在這家店，你不認識嗎？」

我一副熱昏的白痴樣，努力堆出笑容對女生說：

「我就是阿誠，有什麼事嗎？」

那兩張有著高低落差的臉彼此互望（這個人沒問題嗎）。說來悲情，連我也有閱讀他人表情的能力。見到我的人，第一個浮現的總是這種表情。對於身為池袋地區感情最纖細的顧店者而言，內心深處著實像被刺了一刀。

⚜

「我們聽說池袋有一位非常優秀的麻煩終結者，黑白兩道都熟，沒有他找不到的人、解決不了的難題。雖然有點多話，不過頭腦非常清楚……」

我努力撐大鼻孔問：

「頭腦清楚，然後呢？」

尖下巴女子露出不可置信的表情說：

「聽說是個好男人。」

我使出一番了不起的自制力，才得以克制自己沒當場跪下，對著天空大喊感謝的祈禱詞。金髮男在上空說：

「走吧，謠言果然是謠言。」

我起身盯著他的眼睛：

「你不想確認謠言的真假嗎？反正你們的麻煩還不就是些芝麻綠豆的小事。」

他露出一副如果我再繼續說笑的話，蒙古手刀❷就會落下的眼神，這個宛如職業摔角手的男子瞪著我。女子在這座小山的對面說：

「聊聊也無妨，阿英，讓開。」

狹窄的店裡，男子像是讓出舞台般退後，女子則往前踏了一步。黑色T恤胸前印著白色字樣：ANTI-SUICIDE CLUB，美麗的胸型將字母往斜前方撐開，就好比露天咖啡座的白色遮陽棚。她的身材嬌小，卻非常豐腴。

「我叫西川瑞佳，後面這位是原田英比古，還有在店外的那一位是島岡孝作。我們三人是俱樂部的主要成員。」

我看了一下店外的人行道。有一個瘦小的年輕人頂著大太陽坐在路邊護欄上，陽光灑在他垂著頭的後頸。

「要不要叫他進來？在那裡會中暑喔。」

---

❷Mongolian chop：摔角的招式之一，將雙手呈手刀架式攻擊對手。

即使是陽光照不到的地方，氣溫都有三十六度，那天的暑氣足以致命。女子回頭看了看護欄上了無生氣的年輕男子說：

「先別管那個。你真的想聽我們的故事嗎？如果是的話，換個地方聊聊吧。」

再怎麼有空，店裡偶爾還是有客人上門。這時，有位帶著小孩的主婦望著切成四半的冷藏西瓜，那個五歲左右的小朋友想用手指頭戳破西瓜上的保鮮膜。我非常優雅地提醒他：

「那不是玩具，是水果喔。」

穿著白色緊身牛仔褲的主婦瞪了我一眼之後，牽著小孩走出店外。

揹著一個要價幾十萬圓的愛馬仕包包，卻如此對待三百圓的西瓜。日本的教育到底出了什麼問題？我真擔心這個國家的未來。我對黑色T恤女子說：

「如果我不聽你們的故事，會發生什麼事？」

女子聳了聳肩，挖苦地揚起一邊嘴角。

「這樣啊，就是一次再死三、四個人吧。不過那也不能怪你或我們這個俱樂部。」

她一副無所謂的模樣。我生性叛逆，對方愈是這種態度，愈能引起我的興趣。換句話說，對我而言，女生不要太主動反而比較好。

「明白了，那我就洗耳恭聽吧。」

我朝二樓的老媽喊了一聲，不等她回應就出門了，否則一定會被念。我的毒舌功力完全是遺傳。不過如果什麼都遺傳到的話，或許當場就已經被那個叫阿英的摔角手給弄個半死了吧。

我和瑞佳並肩走在前面，後面跟著阿英，再之後則是像極了小孩在鬧彆扭的孝作。我們形成一列奇怪的隊形，一起往距離我家步行只需幾分鐘的西口公園走去。目的地當然不是被致命紫外線籠罩的圓形廣場，而是藝術劇場的咖啡廳。

我們四人選了店裡角落的位子坐下。歐蕾冰咖啡上桌之後，我直盯著瑞佳的胸部看。真要感謝T恤上的字樣。

「什麼是反自殺俱樂部？」

瑞佳看了一眼阿英和孝作，點點頭之後開口：

「那得先告訴你當初我們相遇的地方。」

阿英用力點點頭，孝作把身體蜷在椅子裡。

「我們是在育英會會場認識的，那裡有許多因為車禍、天災人禍、疾病而失去雙親的孩子。不過在廣大的會場裡，當我一看到阿英和孝作時，我馬上就知道了。」

我第一次看到瑞佳展現柔和的笑容，可惜不是對著我笑，而是對我旁邊的那兩個人笑。

「他們跟我一樣，都是爸媽自殺後被遺留下來的小孩。」

挑高天花板上的風扇緩慢地旋轉，周遭突然安靜下來。

「因為車禍或地震失去雙親的人，無論再怎麼悲傷，都不會責怪自己。然而我卻回想了上千遍老爸過世前一天的所有畫面，深深覺得內疚。國中二年級的那個春天，如果我跟他說句話、一起吃晚飯的話，或許就不會發生那種事。如果我拍拍他的肩膀，聽聽他說話，一起看電視，對他任性地撒嬌要他買東西給我的話……腦中一邊想著如果我做了這件事或那件事，然後又是一天的黎明了。就算責備自己幾千次，時光也絕對不會倒流，那天發生的事也不會有任何改變。」

光是聽她說這些，我就已經眼眶泛淚了，但是瑞佳的雙眸依舊明亮清澈。或許歷經無數次自責之後，悲傷早已透明結晶了吧。她望著遠方微笑著說：

「還有更慘的。我倒還好，靠著壽險還能過活，不像阿英還得為錢傷腦筋。」

阿英靜靜地垮下眼睛半開的臉。

「所以我只要看到和爸爸年紀相仿的男人有困境，就無法置之不理。或許是為了補償當年沒辦法拉老爸一把的缺憾吧。有一陣子，我總是跟快要五十歲的男人混。」

真是走運的歐吉桑。不過若是因為這樣而發生性關係，我也不會開心。

「我已經不這麼做了。」

瑞佳堅強地笑著，那是一個痛苦地接受現實並展現堅強意志的微笑，不是因為活在這世上很快樂而笑，你瞭解吧？那是個在這無趣世界的某個角落，發現自己能有所貢獻的笑容。

「嗯，我不會再重蹈覆轍，畢竟我有這個俱樂部，也有好夥伴。我希望能減少像我們這樣的孩子，我指的不是靠那些心理諮詢什麼的。」

雙手交叉放在胸前的阿英低聲說：

「有時得用強制性、物理性的手段。」

瑞佳微笑著說：

「這就是我們反自殺俱樂部的工作。有人在協助我們，所以到目前為止成果還不錯。」

我瞭解這個目標很偉大，不過要用什麼方法完成目標呢？這三個有點怪卻高貴的人如何阻止即將默默死去的自殺者？阿英看我一臉不解便說：

「麻煩終結者果真是一派胡言。」

我舉手發問：

「等一下，你們怎麼阻止呢？自殺都是各自進行的，不是嗎？而且重點是我從沒聽說過你們。」

瘦小的孝作抬起頭。他剃了個香菇頭，穿著時下流行的粉紅色T恤、寬鬆的七分牛仔褲，像是在自言自語地說：

「日本的自殺人數已經連續七年超過三萬人，自殺遺孤每年增加一萬人。雖然沒辦法全面阻止，不過可以追蹤到其中一部分，尤其是搞集體自殺的。」

我好不容易聽出一個輪廓。

「透過自殺相關網站追蹤嗎？」

瑞佳朝阿英點點頭，意思是「好像還不差嘛，這個人。」我的讀心術功力應該還可以。

「沒錯，我們長時間監視二十到三十個自殺網站，並且特別注意召集集體自殺成員的留言板。其中有問題的就是這個。」

瑞佳從肩背包裡拿出一張摺起來的紙。她的右手戴著頗厚的腕帶，上面是LACOSTE的鱷魚圖案。我不小心看到腕帶下的白色舊傷疤，急忙將視線移開。不過女人的感覺真敏銳，她把紙遞給我的時候說：

「小時候的壞習慣，以前常常割腕，不過現在想想，當初沒有一次是認真的，搞得現在連粉底也掩飾不了。別說了，請你看看這個。」

我默默點頭，實在無法說笑，雖然聽起來有點蠢。從前好像有什麼自殺遺傳基因的研究，我想現在沒有人會相信那些胡說八道吧。我打開紙。

「一億兩千萬人的開朗自殺！SUI-SUI-SUICIDE！這是什麼玩意？」

原來這是從某個自殺網站列印下來的首頁。這類網站一般都以黑底呈現，不過這個網站卻不同，底色是亮白色，從天空飄下淡粉紅色的蓮花花瓣，給人一種明亮清爽的感覺。

「阿誠，你覺得如何？」

「如果這不是胡鬧的話，還真不太對勁。」

瑞佳以尖尖的下巴點點頭。

「沒錯。這個SUI-SUI-SUICIDE就是最凶惡殘忍的自殺網站，聚集的全是些希望拋開所有煩惱、以為自殺會帶來光明希望的人，還說什麼自殺是最後的解脫！」

我驚訝地張著嘴繼續往下讀。這張白紙上列出的全是一些讓人頭痛的標題：五十個輕鬆自殺方法、日本自殺名勝前二十名、最佳往生安眠藥組合＆ＯＤ法❸、尋找最後朋友的BBS。

「這個最後朋友什麼的，是不是就是自殺留言板？」

瑞佳點頭說：

「嗯。最近這一個半月在東京近郊發生的六起集體自殺事件當中，就有四起是SUI-SUI-SUICIDE發起的。阿誠，你應該能瞭解我們想做什麼吧？」

「毀了這個自殺網站嗎？」

身材魁梧的阿英聳聳肩：

「就算毀了網站也一樣，自殺網站有好幾百個，況且他們也能立刻再架一個。現在已經出現好幾個模仿的小網站了。」

我一頭霧水。

「那你們的打算是？」

瑞佳直視我的眼睛，阿英和孝作也是，表情異常認真。

「你想知道的話，無論如何必須先接受我們的委託。我們想先得到你的答覆。」

經符合我喜愛條件的女子這麼一說，我只好照她的期待答應了。別看我這樣，我可是非常愛護女性的。再說，直到目前為止的故事都讓我相當好奇。雖然我比較喜歡現實世界，但是這個開朗自殺網站的

❸ Overdose的略稱，意指過量服用安眠藥的自殺方式。

故事卻具有強烈吸引力。

「瞭解了，我會幫忙的。不知道是否能順利進行，不過我會盡全力。」

孝作又把話含在嘴裡說：

「問題是，我們的全力老是無法達到所需的程度。」

瑞佳無視於獨自消沉的孝作。

「我們追查的是一隻蜘蛛，那隻在自殺留言板結網、不斷策劃集體自殺的無名蜘蛛。」

開朗自殺網站的蜘蛛人？唉呀，真是腿軟，我對好萊塢的特效電影實在沒輒。

◈

瑞佳的語氣變得非常生硬。

「我們還不曉得這隻蜘蛛是男是女，至於年齡、長相、住所、職業也都不清楚。不過可以確定的是，至今有好幾起集體自殺事件都是在SUI-SUI-SUICIDE的自殺留言板召集自願者。」

我還無法徹底消化。就算是蜘蛛人，像這種不停教唆自殺的變態應該早就被逮捕了，不是嗎？如果連警察都沒發現，為什麼反自殺俱樂部的這三個人會知道這號人物呢？

「你們怎麼知道有這隻蜘蛛的存在？」

孝作又在嘴裡喃喃自語：

「以蘇眠特和葡羅萬寧❹。」

「那是什麼？」

我看著他的眼睛，孝作的目光虛弱地往下移。

「是蜘蛛推薦的安眠藥組合，效果很強，說什麼可以讓人在睡夢中安詳地抵達另一個國度。」

「等等，為什麼你們知道自殺者吞了什麼安眠藥？難道有警察協助你們嗎？」

搖頭的是瑞佳。

「不是的，所以剛才才會要求你先答應我們，畢竟我們走在險橋上。情報是從集體自殺失敗的人那裡得到的。」

這下子我才好不容易看出反自殺俱樂部工作的陰暗面，真是一個遲鈍的偵探。我想起阿英說的話。

「這就是強制性、物理性手段吧。」

穿著從美軍單位外流的衣物、像是職業摔角手的傢伙，首次展現笑容。

「沒錯，你挺聰明的。如果來得及，我們就能得到一些情報；來不及的話，就是看見幾具屍體。」

阿英聳了聳肩，秀出僧帽筋❺。光是聳肩就能展示壯碩的身軀，我還是頭一回見識到。

「你為什麼把身體練得這麼壯？」

阿英露出前排牙齒微笑說：

「身體絕不會背叛自己。我爸爸上吊時，我才小學三年級。之後媽媽跟我說，就算要死也必須是因

---

❹ Isomytal和Brovarin，皆屬鎮靜安眠劑。

❺ Trapezius muscle：中文稱作「斜方肌」，為脖子到肩膀部位的肌肉。

為生病。她把爸爸的照片全燒了，一張也不留。親戚漸漸不跟我們來往。當時我個頭小，同學常拿爸爸的事欺負我，所以我才決心徹底鍛鍊身體。」

我把視線從阿英身上移開，他的眼神帶有一股暴力的壓迫感。為了不讓別人欺負，必須變得讓人害怕。這就是所謂的成長吧。

「原來如此。不過我膽子比較小，可不可以不要在我面前擺出健美先生的姿勢，我可能會嚇到休克。」

孝作和瑞佳笑了一下，這是我第一次得分。

當蜘蛛在自殺留言板不時更換暱稱的時候，就代表他正在召集集體自殺的自願者。最先發現其中有問題的是瑞佳。

「剛才跟你提過，我們會定期關心SUI-SUI-SUICIDE。召集者在BBS上寫了許多文章，看了之後，我們發現一件事：雖然暱稱不同，文體也不斷變化，但是使用的詞彙都有某些共同點。」

跟我的專欄一樣嗎？就算再怎麼改變風格，也隱藏不了其中蘊含的知性。阿英慢慢地張口，這個動作牽動下巴到脖子之間的肌肉，人體真是有趣。

「召集的地點都在東京近郊，都使用安眠藥、木炭、租車等手法，連推薦的藥劑組合都相同。從我們發現這隻蜘蛛到現在才過了一個月。」

我若無其事地觀察阿英的身體。他的手上沒有割腕的痕跡，全身肌肉就像盔甲一樣，用以守護受傷的心靈，以及海扁那些自殺未遂的人。

「所以你們想找出自殺網站的蜘蛛，降低集體自殺的數字。既然如此，就把掌握到的情報據實告訴警察不就好了？已經連續發生多起事件，他們不會坐視不管。」

孝作看著地上說：

「不可能，我們還被警察追呢！尤其是阿英，有時候做得太過火了。」

肌肉男表情冷峻，孝作則是一副傷腦筋的樣子。

「一到自殺現場，怎麼樣也沒辦法保持冷靜。所以不光是阻止自殺而已，有時候也會傷到人。」

阿英雙手在胸前交叉，冷冷地說。

「阿誠，你知道一旦發生戰爭的時候，自殺率就會大幅降低嗎？因為大家一心想著要殺掉其他國家的人民，就不會想要自殺了。所以，我必須給那些打算自殺的人一點顏色瞧瞧，讓他們想起這個世界上沒完沒了的戰爭。」

這句話的意思是面對更強大的暴力時，小小的暴力是被允許的？真是一道哲學難題，拜託別拿來問我這個水果行店員。不過，或許一記重拳真的無傷大雅，畢竟比起死亡，瘀血總好多了吧。

⚜

「這件事我具體上該怎麼做？你們已經開始行動了吧？」

這次的委託對象不是一般哭著前來、充滿困惑的求助者，而是對於自己想做什麼、達成目標的方法都比我還清楚的團體。瑞佳微微一笑。

「之前孝作寄了幾封信給自殺留言板，等他混進去之後，我就負責監視和作戰，阿英則是……」

瑞佳看著我，沒有說下去，意思是「不說你也知道吧」。我點點頭，她接著說：

「集體自殺的數量太多了，實在忙不過來，加上我們也需要一個不是自殺遺孤、可以冷靜掌握狀況的幫手。如果可能的話，他最好夠瞭解所謂的危險世界，並且有能力負責人員調配。到處打聽之下，結果就出現阿誠你的名字。仔細一問，覺得你就是最佳人選。」

瑞佳直視我的雙眼說：

「拜託你協助這個俱樂部。我們的目的非常單純，就是希望減少陷在苦海裡的孩子，讓他們不用再一整晚懊悔、不要再想如果那天做了什麼就好。至於酬勞，不會太多就是了。」

我依序看了他們三人，然後用力點點頭。我雖然天真又愚蠢，不過至少可以盡點棉薄之力，而且我對這三個人異常認真的態度頗有好感。炎炎夏日的無聊時光，或許正好可以藉著尋找蜘蛛來打發。

「瞭解，反正我也都不收費用。」

「阿誠，謝謝你。」

瑞佳搖晃著黑色T恤下的胸部說。光是點頭胸部就搖晃了起來，我真想再被謝個兩百次。阿英和孝作未嘗不可地對我點點頭。

於是我們交換彼此的手機號碼，然後走出藝術劇場的咖啡廳。

被任命為反自殺俱樂部的特別成員，我一回到房間就馬上拿出Mac上網。在搜尋引擎輸入「自殺網站」，出現約七百筆資料；接著輸入「Mental Health& 自殺」，符合查詢結果的將近有一萬筆。

這樣看來，破壞其中一個自殺網站的確沒啥意義。接下來，我花了兩個小時瀏覽這些黑暗的網站，網頁上有很多專名詞，例如強迫神經症、視線恐懼症、放血依存症、強迫性清洗、演技性人格障礙等等。某個BBS針對跳樓與上吊何者比較不痛苦的話題，居然連續討論了半年之久。在那裡，死是最親密的朋友，也是最能輕易到手的玩具。

有個透過網路買到注射針筒的放血依存男寫道，他放掉一個水桶分量的血液，瀕臨死亡。兩天之後的放血量是一點二公升，但是心臟仍未停止跳動，最後因為嚴重貧血而臥床。另一個女生則是不斷地割腕，而且喜歡玩弄傷口。她習慣把手指伸入清楚可見的白色脂肪裡，用指甲挑出白色肌腱，因此傷口久久不易癒合。

在地獄逛了兩個小時之後，我似乎喪失了活下去的氣力。

❦

洗完澡之後倒進被窩裡，這時手機響了。

「阿誠。」

是瑞佳的聲音。醉了的我立刻開始進行言語性騷擾：

「邀我去約會嗎？」

瑞佳呵呵地笑了：

「如果是那樣就好了。今天晚上好像又有集體。」

集體自殺？我從被窩裡跳起來，睡意全消。

「在哪裡？」

「好像在雜司谷靈園附近的岔路，現在孝作和阿英正在追蹤。你想不想看看我們都做些什麼？」

我趕緊慌亂地脫掉短褲，換上牛仔褲。

「好，我馬上過去。」

「沒錯，要快一點。那三十分鐘後，我去店裡接你。」

我比約定時間早了十五分鐘下樓，坐在水果行前面的護欄上。迷濛的夜裡，一輛金屬黑的日產MARCH滑進我的視線，貼著黑色隔熱紙的電動車窗無聲無息地降下。

「阿誠，久等了。」

瑞佳的打扮與白天大不相同。銀色小背心配上灰色短褲，白皙的大腿在夜裡特別鮮明，一頭捲捲的黃色接髮就像玉米鬚一樣。真是十足的辣妹。

「就算被看見，這一身變裝也絕對聯想不到我白天的模樣吧。」

如果要變裝的話，我決定走帥哥路線。這時候頭頂上方傳來聲音：

「阿誠，不賴嘛，好好去玩吧。」

我抬頭一看，窗戶開著，身穿浴衣的老媽探出頭來——才不是約會，我是要去阻止集體自殺——在池袋的中心，我好想這樣大喊，說不定會有三百萬個活著的人願意聽我說。瑞佳從MARCH探出頭來，爽朗地說：

「伯母，跟您借一下阿誠。」

女人之間用笑容達成的協議一點也不牢靠。

我們的敵人總是這麼棘手。

⚜

池袋車站周邊的交通在夜裡一樣壅塞，MARCH幾乎沒什麼前進。瑞佳好像發現我在偷看她的大腿，從儀表板前面拿了一個瓶子丟給我。

「我已經塗了，阿誠你也用一下吧。」

我看了一眼，瓶子上面寫著防蚊液。我把它噴在手腕和脖子上。

「說得也是，雜司谷靈園那邊蚊子很多。」

瑞佳一邊開著MARCH，一邊微笑示意。

「不過，為什麼知道今晚有集體自殺呢？」

「很簡單啊，因為孝作也在那輛租用車上。他的手機已經設定過了，我們可以透過GPS追蹤。」

看起來那麼虛弱的傢伙居然擔任臥底。

「只有他一個人？那不是很危險嗎？」

瑞佳用力踩下油門，我的身體瞬間往後靠向椅背。

「的確可以這麼說，不過情況危急時，他會馬上跟阿英聯絡。所以阿英必須一直暗中騎著機車跟蹤租用車。」

我想到阿諾史瓦辛格騎著哈雷機車的模樣，記得那個畫面曾經在《魔鬼終結者2》出現。歲月如梭，殺人機器現在已經成為「夢想加州❻」的州長。

「他騎哈雷嗎？」

瑞佳一臉驚訝。

「你怎麼知道？阿英最引以為傲的就是那輛黑色DYNA WIDE GLIDE。阿誠果然名不虛傳。」

其實我只是碰巧想到，為了不露出馬腳，在抵達雜司谷靈園前我都默不作聲。

* * *

雜司谷靈園是一處位於市中心的巨大墓園，面積約十一萬平方公尺。不知為何，很多作家的墳墓都在這裡，夏目漱石、永井荷風、泉鏡花、小泉八雲等人都在此長眠。在這邊散步挺有趣的，因為沒有特定宗教，所以也可以看到掛著十字架的墓碑。

瑞佳把黑色MARCH停在通往靈園的馬路邊。夏夜的蟬鳴聲不絕於耳，太陽城宛如一棟超高層未來墓地，在遙遠的對側閃爍著七彩燈光。

我聽到窸窸窣窣的草聲，回頭一看，發現穿著迷彩服的阿英。

「在這邊，馬上要行動了，快過來。」

我和瑞佳跟在阿英後頭，彎著腰走在充滿夏草氣味的墓地。穿過廣大墓園，來到另一邊的馬路，那是一條靠近殯儀館的寬闊馬路。阿英蹲下來，盯著墓碑後方那輛停在染井吉野櫻樹下的豐田IPSUM，我們也跟著蹲在他的背後。阿英隔著他那像座山一樣的僧帽筋說：

「差不多了，馬上就要半夜兩點。不知道為什麼，網路上那個傢伙特別喜歡兩點到兩點半這段時間。」

我盯著隱身於櫻花樹枝下的廂型車，珍珠白的車身，從車子裡頭似乎發出白色光芒。瑞佳說：

「希望這次可以得到多一點關於蜘蛛的情報。阿英，你要控制一下。」

「嗯，知道了。」

一副殺人不眨眼模樣的壯碩身軀在發抖。阿英從軍褲側邊的口袋裡，慢慢拿出一根特製警棍，它的前端有顆直徑約三公分的鋼球。在一片寂靜裡，當長約五十公分的警棍被取出時，發出了「嗞、嗞」的聲音。如果這位肌肉男認真揮動它的話，一定可以輕易打碎人的頭蓋骨，就像打破咖啡杯盤一樣容易吧。

「每次都會用到它嗎？」

阿英回頭看我。

---

❻這裡是指被無數歌手、樂團翻唱的經典名曲*California Dreamin'*。

的地方。

在我身後的瑞佳跟著上前，我也趕緊朝向發出白色光芒的廂型車邁開步伐，最後停在距離車子三十公尺

我奮力搖頭，這時阿英的手機發出震動聲響。他默默站起來，朝IPSUM走去，背上的汗水閃耀。

「對，要不要我借你一根備用的？」

⚜

半夜的墓地突然響起咆哮聲，原來是阿英邊跑邊狂叫，毫不掩飾地揮舞著特製警棍。IPSUM沒有任何動靜。我追著瑞佳，只差幾步就跑到車子旁邊之際，阿英用警棍打破了駕駛座旁的車窗。

隨著尖銳的破碎聲響，玻璃碎片就像潑灑出去的水一樣飛散開來。阿英戴著手套的右手伸入窗框開啟車門鎖，接著猛力將車門打開，把裡頭一個三十多歲的削瘦男子拖出車外，用腳上的美軍叢林長靴往毫無反應的男子側腹踢去。

阿英順時針打破一個個車窗，接著聽到女子的慘叫。偌大墓園裡回應的只有蟬鳴聲。

「住手——住手——」

我看到坐在後座、意圖自殺的女生，大約十多歲，不知是否受月光的影響，臉色一陣青一陣白；是個出乎意料可愛的女孩子，實在無法想像她自殺的原因。阿英壓住她不停叫喊的嘴巴。

「安靜，我不想揍女人，但如果妳不安靜下來的話，我還是照揍不誤。」

瑞佳打開另一邊的後座車門。

「孝作，辛苦了。」

孝作邊發抖邊點頭從後座下來，搖搖晃晃走到附近的草叢嘔吐，然後擦著嘴巴走回來。

「我們喝伏特加吞服以蘇眠特和葡羅萬寧，交談的時間只有一小段。」

這時我聞到一股熟悉的味道，像是在燃燒枯葉。往IPSUM裡一看，副駕駛座底下有一個燒得通紅的炭爐，車內溫度極高，黑炭噴出透明的紅色火焰，彷彿是在助長地獄之火。

還在恍神的時候，阿英拍了拍我的肩膀。一回頭，看到一張汗水淋漓的笑臉。

「這次很順利，不過不是每次都這樣。」

他從軍褲後面的口袋拿出手機，按掉緊急呼救的震動設定。我以為已經過了一小時，但實際上從阿英向前衝開始算起，居然只過了不到二十秒的時間。

⚜

瑞佳拉著女子、阿英拖著男子離開IPSUM車旁到墓園裡。安眠藥加上伏特加的組合，在這種狀況下依然威力強大。翻滾在夏草之間，兩人的雙腳都在發抖。阿英打了男子巴掌，問道：

「你有沒有看過一個暱稱是黑色牧羊人的傢伙？」

男子還沒回答，阿英又打了他另一邊臉頰。

「黑色牧羊人長怎樣？」

還沒回答之前，阿英又打了一下。孝作小聲地跟我說：

「這麼做是為了不要讓他睡著，與其枯坐等待，這樣快多了。」

我問臉色變得跟鬼一樣的孝作：

「那個黑色什麼的，是這次蜘蛛在留言板上的暱稱嗎？」

孝作點點頭，漂亮的香菇髮型隨即搖搖晃晃，臉色變得更差了。

「怎麼了？你也喝了安眠藥和酒精特調的雞尾酒嗎？」

他急忙搖搖頭說：

「我假裝吞藥，其實偷偷把藥丟掉了；伏特加就逃不了，所以喝了一口，但我根本不會喝酒。這次蜘蛛自己沒參加活動。那邊那個上班族叫做遠藤，他加入之後，蜘蛛就教他集體自殺的方法，還把安眠藥什麼的拿給他。我直到最後都沒看見蜘蛛。」

阿英以同樣的力道不斷地打遠藤，追問黑色牧羊人的情報。打到第六下或第七下時，一副老實模樣的上班族說話了：

「我已經醒了，拜託你不要再打了。」

阿英的手舉在半空中說：

「你見過黑色牧羊人嗎？」

沒有打領帶、穿著細紋西裝的男子點點頭並張開嘴巴。

遠藤一開口就停不了，難道安眠藥有解放壓抑的效果？或者是因為這種奇怪的狀況，再加上阿英的暴力而造成的？無論如何，這位自殺留言板訪客的亢奮情緒不輸給夏夜的蟬鳴。他邊流口水邊說：

「自從我榮升到東京總公司之後，就變得怪怪的。之前我在地方分公司的表現不錯，每天過得很開心。我是分公司的佼佼者，不過一到東京，每天都處於競爭狀態，工作壓得我喘不過氣，人生地不熟，又沒有朋友……所以我得了憂鬱症，跟公司請了兩個月的假。我的工作表現不再出色，沒有未來可言，更對不起我爸媽。實在受不了了，沒有自信繼續在公司這個宛如人間煉獄的地方待下去，就想要結束一切，結束這個爛透的人生。」

阿英又打了他一巴掌，面無表情地說：

「你如果擔心爸媽的話，就應該好好把這個爛透的人生過下去。自己的孩子自殺，身為父母的一輩子都無法振作了。你在哪裡見到黑色牧羊人？」

遠藤原本失去聚焦的雙眼似乎變得清澈了一些。

「六本木之丘的咖啡廳。他非常溫柔。」

瑞佳跪坐在上班族旁邊問：

「是男是女？」

這個集體自殺未遂的男子露出做夢般的微笑說：

「男生。紅色的眼睛，長相清秀。他跟你們相反，不會否定我說的話，還會仔細聆聽。他說那不是我的錯，人遲早都會死，無論從地球或宇宙的歷史來看，人類的一生輕薄的連蟬翼都不如。自殺並非否定生命，只是消失而已，只是離開這個無趣的世界罷了。只是一個單純的出口，無所謂好或壞。」

我和阿英面面相覷。這麼說來蜘蛛是祝福自殺的墮落天使？瑞佳怒不可抑。

「然後他就給你安眠藥？」

「對。」

阿英再次用力打他的臉頰，遠藤忍不住流出淚。

「他有什麼特徵？」

「我說就是了，不要再打了。身高大約一百八十公分左右，瘦瘦的，戴有色的隱形眼鏡，頭髮是暗銀灰色。從敞開的襯衫可以看到胸前有好幾顆淚珠的刺青，一點一點的。」

「聯絡方法呢？」

「他有給我專用的手機，不過我已經丟了。他說那手機沒辦法追蹤下落。」

阿英說：

「混蛋！不斷把意圖自殺者送到另一個國度的變態傢伙，不需要自己動手，還真是輕鬆。這算是愉快犯❼，還是連續殺人犯？」

那個前精英分子說：

「不是這樣的。」

大家的注意力又回到遠藤身上。

「他才不是什麼精神變態，如果你們這樣想的話，絕對無法接近他。」

我看著墓碑上的青苔，埋在它下面的人骨是幾十年前死去的？眼前這個男子就算現在死去，和五十年後才死也沒什麼太大差別。我問：

「什麼意思？」

前精英分子又露出做夢般的微笑。

「他曾經說過自己也覺得活著非常痛苦，不過對同樣迷失的夥伴他沒辦法置之不理，所以他要指示一條道路，先送夥伴們抵達另一個世界。當他覺得已經足夠的時候，就會追隨我們的腳步；只要解決了這裡的牽掛，他隔天就想自殺。我認為他所言不假，我看過幾個想要自殺的人，所以覺得他不是變態，而是一位良心志工。我想你們一輩子都不會理解的。不，說不定那邊的那一位能夠瞭解。」

孝作急忙將眼神從遠藤身上移開。我和瑞佳四目相對，默默地搖搖頭。在遠藤旁邊的草叢裡，那個集體自殺成員之一的十多歲女孩像是來露營似的，睡得很安穩。瑞佳起身，膝蓋沾滿綠色草泥。

「走吧，已經得到足夠的情報了。」

瑞佳、阿英、孝作和我，四個人站在夏夜墓園的草地上。最後，我偷看了一眼自殺失敗的男子，僅僅數十毫克安眠藥的藥效真強，剛剛還振振有詞的前精英分子流著口水熟睡了。

⚜

穿過草叢和蟬鳴，我們回到MARCH車上。開回池袋途中，孝作打電話報警，說是在雜司谷靈園發現一輛集體自殺的車子，沒報上自己的名字就把電話掛了。他有點害羞地說：

---

❼以犯罪為樂，目的是為了吸引別人的注意，滿足表現欲。

「我們這個俱樂部的行動真夠原始，再過十五分鐘，救護車就會發現那輛租用車了。」

我回頭看，阿英的哈雷在明治通上發出V型引擎特有的排氣聲浪，跟在後頭。我朝他揮揮手，他則豎起左手大拇指。我對孝作說：

「真不賴，你們三個人的默契真好，今天晚上救了兩個尋死的人。」

瑞佳直視駕駛座前方說：

「但是每天有上百個自殺的人，我們到底在幹嘛？就跟在沙漠裡挖沙子沒兩樣。有時候會這麼想。」

我看著窗外，二十四小時營業的HANAMASA超市依舊燈火通明。

「不要什麼都數字化。」

將一切都簡化成統計數字，似乎是現代人的壞習慣。

「今天晚上的確只救了兩個人。不過，你們讓這兩人的親友免於悲傷，如果再加上將來他們可能創造的家庭，等於救了好幾條新生命。任何一個生命都不是獨立存在的。」

如果無限延伸下去，說不定所有的生命都息息相關。因此人命可貴，一條生命等同於所有的生命。

瑞佳靜靜地說：

「阿誠，謝謝你。每次跟你說完話之後，就覺得精神好多了。說不定你很適合當心理諮詢師喔。」

孝作把額頭貼在窗戶上，看著流逝的街燈，好一陣子不說話。黑色MARCH經過天橋時急速左轉朝西口前進，瑞佳像是突然想起來似的對我說：

「對了，明天你有空嗎？我想讓你見一個人。」

我重重地往後倒在椅背上，眺望夜裡的積亂雲，灰色的夏日雲層氣勢磅礡地湧出。

「誰？」

「白天跟你提過的那位協助者。」

答應之後，我閉上眼睛。

⚜

老媽很清楚我這幾個月無聊到爆，所以阿莎力地答應隔天下午放我自由。她似乎也認為這麼一個健康的少年光是躲在家裡顧店不太好。

過了中午，MARCH停在店門口。穿著無袖白襯衫的瑞佳探出頭，卻不是向站在人行道上的我說話，而是對老媽說：

「妳好。不好意思昨天讓他那麼晚回來，今天又要再跟妳借一下。」

當時我看到店裡的陰暗角落有個可怕的東西，正是老媽在對我眨眼。

「這小子害羞又遲鈍，請妳多多指教。」

我默默地坐進副駕駛座，恐怖的感覺讓我全身僵硬。

「麻煩妳趕快開車。」

瑞佳笑得很開心，接著MARCH轉出西一番街。

⚜

黑色小車抵達下落合的高級住宅區。圍籬、大門和足以容納兩輛進口轎車的車房，格局一致的房子分布在這條安靜的街道上。其中夾雜了一些教堂什麼的，是個和我非常不搭的地方。

MARCH停進車房裡。抬頭看了看建築物，前院種了四棵中型椰子樹，對面有一棟中型玻璃大樓，看起來就像是開闊的度假飯店。我讀著木頭雕刻的指示牌：

「白木診所？這是什麼樣的醫院？該不會是整型診所吧？」

戴著太陽眼鏡的瑞佳搖搖頭說：

「不是。這裡是風評很好的心療內科診所。」

心療內科就是從前的精神科。現在很多東西都換了名字和說法，實際上根本什麼也沒變，意思卻搞得愈來愈模糊了。說不定以後性交這檔事，會被稱為遺傳因子攪拌作業勒。譬如說，寶貝，今晚要不要跟我攪拌一下之類的。

瑞佳走進貼著素色磁磚的大廳，大型葉類植栽擺放在經過計算後的完美位置，如此一來，散在四處的沙發區得以巧妙地隔開，讓病患之間可以避開彼此的視線。

瑞佳向櫃檯報出院長的名字。十分鐘之後，夏日陽光從窗外躍到沙發上，一位穿著白色套裝的女人走上前來。年紀大約是三十歲後半，不過，有錢女人的年齡總是讓人猜不透，如果說她是四十五歲，我也不會太驚訝。

「白木醫生，我幫妳介紹，這位是池袋水果行的真島誠。」

我邊說著初次見面請多指教，邊向她點頭致意。她的外套樣式剪裁簡單，裡面穿一件白色背心，胸前那一大片肌膚非常光滑。帶著淺淺微笑的女醫生說：

「請坐。你就是瑞佳說的那位很有心理諮詢潛力的阿誠嗎？」

心理諮詢潛力？我不懂。可能是看我露出了不解的表情，美女院長說：

「符合無條件的共同感受、接納、同理心三個條件，再來就是徹底傾聽對方說話。相關知識可以學，不過這種潛力不是誰都有。如果你是心理諮詢師的話，我想，一定會有很多年輕男女希望跟你吐露心事，想必一定門庭若市。」

她用左手撥撥劉海，FRANK MULLER這款粉紅色鱷魚皮錶帶的Jumping Hour價值好幾百萬圓。

這麼好賺的話，我也來當當心理諮詢師吧。瑞佳說：

「阿誠從昨天開始來幫俱樂部的忙。今天早上的新聞，妳看了嗎？」

雜司谷自殺未遂事件一早就出現在各大新聞媒體，但比起集體自殺成功的報導，篇幅顯得小多了。對傳媒而言，壞消息就是好消息。白木院長保持一樣的微笑點頭說：

「恭喜，又得給獎金囉。阿英和孝作好嗎？」

瑞佳點頭，接著敘述昨晚在墓園得到的、關於自殺留言板那隻蜘蛛的情報，並且特別鉅細靡遺地描述遠藤最後說的那一段話——他自己有一天也會自殺，在那之前的身分是志工什麼的。一直默默聆聽的院長開口說：

「那麼的確好像跟愉快犯，也就是快樂殺人❽是不同的。我們的對手或許是帶著善意的人也說不定，認為那是解決自殺疑惑的方法。如果真是如此，他就不太可能魯莽行事而留下什麼證據，或是沉醉在歡

---

❽ Lust murder：為了得到某種快感或心理上的滿足所犯下的殺人行為。

愉中而失策。因為他採取理性行動，非常清楚自己在做什麼。」

美女院長說得沒錯。要是對手目露凶光，或至少酩酊大醉都還好解決；不過假設他懷抱某種善意，這幅人像圖就會變得複雜難解。畢竟面對理性、出於善意的第三者，想要研究案情來分析判斷也沒辦法，因為連CIA都不見得有普通人的統計資料。我問了一個一直很在意的問題。

「這間診所好像非常成功，不是在拍馬屁，我想是因為院長很有魅力。但妳為什麼會協助反自殺俱樂部呢？不覺得非常冒險嗎？」

院長又露出面具般的微笑說：

「經濟上的成功立刻就習以為常了。即使沒有我，診所的運作也不成問題。對心療內科醫生來說，最糟的是病患自殺。我年輕的時候也有過幾個病患自殺的經驗，傷痕到現在都還刻在心上。當時希望將來成功、有餘力助人的時候，要為那些尋死的人盡點力。就在此時遇見了瑞佳，所以這個團體的組成並沒有花太多時間。」

醫生的工作真是辛苦。就算我賣出去的西瓜不好吃，頂多就是把錢退給客人，或是被罵一頓而已。但心療內科好像不是這麼一回事。

「原來如此。以前總覺得醫生就是年紀輕輕開保時捷、專跟護士亂搞的少爺工作。」

白木院長微笑的幅度稍稍大了一點。

「嗯，的確也有那種人。不過醫生有守密的義務，不能說出病患的事情，就算患者自殺，我們也不能找人宣洩情緒。雖然日本沒有正式的統計數字，不過像是歐美醫生的自殺率就比成功企業家高出許多倍。」

這份工作如此辛苦的話，我寧願放棄跟護士周旋玩樂。順道一提，所謂自殺率指的是每十萬人當中有幾人自殺的數字；三十年來，這個數字在日本始終居高不下。

明亮的陽光、涼快的冷氣，在這麼舒服的地方討論集體自殺還真怪。另外，有件事從我一踏入診所就注意到了。

「這是什麼香味？」

那是帶著淡淡甜味的舒緩香氣。不像一般在電梯裡聞到的香水味那麼刺鼻，而像是從遠方飄來的森林氣息。

「我不只有醫生執照，還有日本芳香療法協會的講師執照。這是混合四種精油的獨創香味，可以有效緩和情緒不安，分別是薰衣草、馬鬱蘭、依蘭、洋甘菊，至於混合比例就是祕密了。」

因為窗外的陽光刺眼，瑞佳瞇著眼睛說：

「接下來該怎麼做？這個蜘蛛男應該會繼續幫助想要自殺的人吧。」

院長瞄了一眼手錶。

「嗯，他應該不會懷疑自己的正確性，說不定還認為協助自殺者尋求最後的解脫，是一種宗教行為，就像積德修行的僧侶一樣，或許他也把自己企劃的自殺活動當成功德一件。如果某天積德無數的話……」

我聞著甜甜香味說：

「自己也會踏上前往另一個國度的旅程。」

院長點點頭，把白皙的手放在更加白皙的胸前。

「想阻止這個人自殺，你們必須先阻止集體自殺。我還有病患在等，要先離開。有任何進展請隨時和我聯絡，幫我向俱樂部其他人問好。」

有如一朵白百合，她起身，消失在觀葉植物後頭。我差點吹起口哨，這次的事件有美女環繞，真是太棒了。瑞佳碰碰我的肩膀說：

「白木醫生很優秀吧？我們以她為傲。」

明天起我也可以拿白木醫生向別人吹噓。一邊這麼想，一邊大口吸入這股特別的香氣。

⚜

我們從下落合前往六本木。那位前精英分子曾經和蜘蛛碰面的地方就在六本木之丘，今天反自殺俱樂部在這裡有場會議。在地下停車場搭乘長長的手扶梯，我抬頭仰望五十四層樓高的森大樓，因為距離太近的關係，完全看不到頂樓。根據樓層介紹得知，這裡是擁有數十間咖啡廳、餐廳的龐大複合建築。

和阿英、孝作約在一樓大廳集合，然後去地下室某間明亮得簡直像是日光燈賣場的咖啡廳，天花板和四周牆壁都在發光，感覺好像身處光繭裡。平日下午的店裡幾乎全是家庭主婦，我們選了靠牆的位子。藍光從側面透出，有點太空船自助餐廳的味道。瑞佳說：

「剛剛去跟白木醫生介紹阿誠。醫生認為說不定蜘蛛心裡設定了目標數字，一旦達到那個數字，他應該就會自殺。」

阿英聳聳肩，吐了口氣。

「那趕快多搞些集體自殺，不就快多了。為什麼我們得這麼拚命阻止他自殺？」

瑞佳喝了一口印度冰茶說：

「想一想俱樂部規章的第一條是什麼？」

「那是什麼東西？」

孝作小聲地說：

「成為自殺者之前，他們都有尊嚴。」

我非常驚訝地說：

「居然有訂規章？」

瑞佳默默地點頭。

「沒錯，總共有十條。譬如還有一條是，無論用什麼方法自殺，都不是那個人的錯，因為他罹患了自殺病。」

比起我這個地下偵探，俱樂部認真多了。

「妳們真屌。」

瑞佳一副這沒什麼的樣子，搖搖頭說：

「蜘蛛的所作所為說不定是極為慢速的自殺，他也是我們必須拯救的迷途羔羊之一。孝作，下個召集人長什麼樣子？」

他的氣色看起來依舊很差，軟趴趴地靠在發光的牆壁。

「我同時在跟三個人聯絡，不過還不知道這之中有沒有蜘蛛。」

我盯著他看，他的臉色慘白極了，我想應該不只是燈光的關係。

「你的酒還沒醒嗎？要不要緊？」

孝作把頭緊靠在牆上，視線迷茫地看著我。

「每當臥底在集體自殺者之中，我就會這個樣子，很容易被那些負面思考影響，需要花點時間才能重新振作，畢竟是跟下定決心馬上尋死的人一起相處了幾個小時。」

那倒也是，我們之中工作最辛苦的說不定是孝作。他從大得有點誇張的運動包裡拿出筆記型電腦，開啟電源，打開信件軟體，叫出通信紀錄，然後把螢幕轉向我們。

「他們在留言板上的暱稱分別是DOWNDOWNDOWN、蓮歌、天空的朋友。討論進度最快的是天空的朋友，這星期將召開第一次聚會。」

此時，新郵件送達的通知音效從小喇叭裡傳出。孝作說：

「天空的朋友寄來的，是關於聚會的時間和地點……」

臉色愈來愈慘白的孝作信念到一半就停住，於是瑞佳彎下腰注視著螢幕。

「什麼！？聚會在六本木之丘的外太空咖啡廳？」

我把視線移向嵌在牆面上的電漿螢幕，上面浮現銀色的LOGO，寫著OUTER。看來我們的品味和自殺留言板的蜘蛛一樣。孝作環顧四周說：

「這麼說來，這家店等於是這個世界和另一個世界的中間地帶。」

位於天國邊界的咖啡廳。或者，是地獄的邊界？

瑞佳打開記事本。

「參加聚會的人數？」

孝作把電腦畫面往下拉，叫出信件確認。

「包括我、召集人天空的朋友一共四個男生，還有兩個女生。」

總共六個人。阿英吹了口哨。

「那就是目前為止的最高紀錄囉。」

瑞佳狠狠地瞪了阿英，穿著背心的肌肉男笑著把臉別開。

「說不定蜘蛛就在這三個男生當中。」

孝作看起來還是很憂鬱，說了一句：

「或許是，或許不是，我不知道。」

阿英把上半身貼在桌上。他只要一動，咖啡廳裡的冷氣溫度似乎就會上升，大塊肌肉散發著熱氣。

「不管怎樣，後天來這裡埋伏吧。」

瑞佳和我用力地點頭，孝作一臉累壞的樣子聳聳肩。只要特徵符合遠藤描述的男子出現了，或許就能立刻終結這次的尋找蜘蛛男事件。所謂的事件要是可以輕鬆解決的時候，甚至連一根手指都不用動。就算我什麼忙都沒幫到，也是不錯。

可憐的孝作。那個時候，他的翅膀說不定已經被蜘蛛網給纏住了。

隔天，我們再度在六本木集合。SUI-SUI-SUICIDE自殺留言板的聚會是下午三點。我們決定在約定時間前十分鐘阿英先進咖啡廳，三點的時候孝作再進去，五分鐘後由我和瑞佳假裝情侶進去。

沒有在孝作身上裝竊聽器，畢竟這是第一次聚會，只要離開座位一下就能用手機聯絡。我們在現場埋伏，緊張之餘出現了疏失。當時，我想先確認一下集體自殺成員的臉孔。這是狩獵者這方的大意。

我和瑞佳依照時間進入咖啡廳。穿著白色T恤的女服務生說：

「歡迎光臨，請自己挑位子坐。」

我們裝成一對傻呼呼、無法決定要坐在哪裡的情侶，來來回回在寬廣的咖啡廳繞了兩圈。孝作坐在店內最後方的沙發上，被其他尋求自殺者包圍著。

我用眼角餘光確認，其中沒有任何一個是銀髮男子。大家都是黑髮，頂多是咖啡色的。四個男生之中沒有一個是胖子。就像重金屬樂團的團員，年輕的自殺男子當中說不定也沒什麼胖子。我對瑞佳說：

「沒有像蜘蛛的男生。」

瑞佳也遺憾地點頭。

「算了，找個看得到那沙發的位子吧。」

最後，我們選了一個離沙發幾公尺的靠牆座位。按照計畫，阿英的巨大身軀縮在收銀機旁的位子，讀著體育娛樂報。瑞佳將牛仔外套胸前口袋裡的數位錄音筆開關按下，視線轉向沙發，對著自己的胸口喃喃自語。

「三個男生都偏瘦，身高不確定，看起來沒有特別魁梧或瘦小的。沒有銀髮的。從我這兒看來沒有人戴有色隱形眼鏡。阿誠，有人戴有色隱形眼鏡嗎？」

我搖搖頭。瑞佳冷靜地報導現場狀況。

「三個男生大約二十五到三十歲左右。兩個像上班族，一個像打工族。有一個穿著很有上班族味道的深藍色夾克，另一個穿了開襟格紋短袖襯衫，還有一個穿的是印有NIRVANA❾字樣的T恤……」

瑞佳看著我微微一笑。

「那個人的代號要叫做科特・柯本（Kurt Cobain）還是超脫？哪個比較好？」

超脫樂團是西雅圖Grunge Rock❿的代表，是九〇年代初期的巨星樂團，主唱科特・柯本在一九九四年四月舉槍自盡。我不喜歡用科特這個名字。

「叫做超脫好了。」

原意是涅盤，真是奇怪的團名。瑞佳點點頭，繼續現場報導。

「有個胖胖的女生二十出頭，打扮成哥德蘿莉⓫的樣子，不過有點勉強。另一個穿牛仔褲和T恤，好像全都是GAP或ZARA的。」

在旁邊看著腦筋動得快的人迅速將現場畫面轉化為語言，任誰都會覺得有趣。我也朝著瑞佳胸前的

---

❾梵文，原意為「涅盤」，這裡指的是超脫樂團。

❿油漬搖滾：一九八〇年代晚期起源於華盛頓州（特別是西雅圖一帶）的硬蕊搖滾樂，其樂手打扮不修邊幅，曲風回歸精簡、強調力度的搖滾樂，歌詞帶有強烈反主流、諷刺的意味。這些地下樂團多是由地方的青少年樂手組成，日子一久逐漸成為西雅圖當地的次文化，直至Nirvana和Pearl Jam被獨立唱片廠牌Sub Pop簽下並發行專輯，再加上當時MTV頻道的推波助瀾，於九〇年代初期在全美及世界各地迅速竄紅。

⓫Gothic & Lolita：源自日本的次文化，穿著打扮結合哥德風的灰暗頹廢與蘿莉塔風的少女純真。

數位錄音筆說話。

「僵硬的氣氛很像集體相親，不覺得大家都在等某人先打破沉默嗎？超脫好像挺在意店裡的員工和客人，眼神飄來飄去四處張望。」

我和他四目相對。我沒有匆忙移開視線，反而一直盯著他的眼睛，先把視線移開的是他。這是跟監的第一個要領。集合還不到十分鐘，六個人就要離開，飲料還剩了很多，幾乎沒喝。孝作說了等一下之後，起身去洗手間。他馬上打手機給瑞佳，耳朵貼著話筒說：

「瑞佳，妳那邊情況如何？」

我把臉靠近她的右耳，手機的聲音頗大。如果是在一個安靜的地方，我猜應該都被聽光了吧。孝作悠哉地說：

「之前突襲雜司谷靈園的事，似乎在相關的自殺網站造成話題，所以大家都提高警覺。他們說這邊太亮了，要換個地方，我想一定是懺悔大會吧。」

瑞佳不怎麼關心地說：

「嗯，那滿花時間的，對吧？」

「今天就先到此為止吧。等這邊一結束，我就打電話給你們。」

「知道了。」

正要掛電話的瑞佳說：

「記得問哪一個是天空的朋友。」

瑞佳想再叮嚀一次之前，孝作回答：

「穿藍白格紋襯衫的就是。」

鎖定目標。他站在距離我幾公尺的地方，從桌上拿走帳單；是個側臉尖削、非常瘦的男生，黑髮燙捲。他轉身經過我們這桌，我靠在瑞佳身旁，假裝看她的手機簡訊。不知為何，跟剛剛盯著超脫的感覺截然不同，我居然無法好好地看他的臉。這種時候，就算沒有理由，也只能相信自己的直覺。

❦

六個意圖集體自殺的人走出咖啡廳，阿英按計畫沉穩地保持距離跟在後頭。過了一會兒，我們也離開咖啡廳。瑞佳拿出手機，把螢幕畫面換成GPS導航系統。畫面秀出六本木一帶的詳細地圖，上面有個紅色三角箭頭緩慢地移動，那就是孝作手機的所在位置。我們跟著箭頭追去，穿越六本木十字路口之後，進了一條小巷子，在廣場大樓附近的卡拉ＯＫ前看到阿英的身影。

「他們進去這裡面了。」

我問：

「什麼是懺悔大會？」

瑞佳聳聳肩，阿英代替她回答。

「孝作說集體自殺者第一次見面時，除了自我介紹，還會互相表白自殺動機。我們把它叫做懺悔大會。他們會敘述自己有多不順遂，活著有多痛苦，這個世界如何粗暴冷漠地對待纖細的自己等等。那無聊斃的自我憐憫時間，短則三十分鐘，長則一小時以上。真是夠了，我現在就想拿警棍狂揍他們一頓。」

假設一個人講一個鐘頭，那就等於六小時耶，難怪孝作希望我們先回去。於是我們在這裡解散。

我們真是太低估蜘蛛了。如果在場有一位優秀的領導人，六個小時對一個團體而言，足以產生決定性的變化。

我們對於第三者身處的危險往往遲鈍到不行。無論在紐約、白宮、伊拉克，甚至六本木，人類的遲鈍都是一樣的。

隔天，全部成員再次聚集在藝術劇場的咖啡廳。孝作向大家報告懺悔大會的狀況，表情超級開朗，這幾天的低落反而像是騙人的。

「那個哥德蘿莉女說她有視線恐懼症與醜陋恐懼症，卻打扮得那麼引人注目，真是奇怪。」

我說了矛盾的蠢話：

「既然如此，只要男朋友叫她不要在意美醜不就解決了。」

瑞佳冷冷地看著我說：

「因為我在學心理諮詢，所以瞭解那不是一件簡單的事。將症狀分類很簡單，但事實上發病模式完全不同。若一經鼓勵，就等於扣下自殺的扳機。有治療必要的心病，沒辦法用普通的方式解決。」

我點點頭當作回答。阿英問：

「男生們的動機呢？」

我對於阿英怎麼維持肌肉健美的體態非常感興趣，何況他這幾天都在為了反自殺俱樂部的事不停奔波。

「不好意思，我想打個岔，你到底都是什麼時間練身體啊？」

阿英用右手握住左上臂的三頭肌說：

「我一大清早就去健身房，今天花了兩個小時練二十噸舉重。你也試試吧。」

肌肉男阿誠？原本就只有小貓兩、三隻的女粉絲，這下更會離我遠去吧。

「謝謝。」

孝作笑著說：

「那我來試試好了，不知道為什麼，現在非常有衝勁。對了，昨天那個超脫男有人群恐懼症，藍夾克男是燃燒殆盡症候群⓬，天空的朋友是……」

那顆香菇頭之下的雙眉緊蹙。

「我沒辦法把他的症狀歸類，該怎麼說呢……應該算是對生命有一種冷漠的不安吧。」

我訝異地問：

「那也算自殺的理由？」

孝作笑了，這似乎是我第一次好好看他的笑容，宛如學齡前孩童的燦爛笑容。

⓬ Burnout Syndrome：長期處於極大的壓力下所引發的精神疾病，通常與工作上的壓力有關。

「算啊。用冷漠覆蓋世上所有的一切，卻又感到強烈不安。我想那一定非常痛苦吧。」

瑞佳以事務性的口吻說：「決定自殺的日子了嗎？」孝作像是做夢一樣點點頭。

「這個星期五晚上，地點在六本木。總共六個人，決定使用三排座椅的大廂型車。」

阿英維持坐姿，開始伸展脖子。他正在進行戰鬥前的準備嗎？

「方法呢？」

「老樣子。」

就是用安眠藥雞尾酒加上燒炭的一氧化碳中毒法。瑞佳問：

「誰發安眠藥？」

孝作笑瞇瞇地說：

「天空的朋友。他說他沒吃心理醫生給的藥，把它們累積下來。至於安眠藥的詳細組合，我就不知道了。這次好像不是蜘蛛幹的耶。」

阿英不只伸展脖子，還開始伸展肩膀。說這裡是藝術劇場咖啡廳，倒不如說是健美先生選拔比賽的後台。

⚜

到週末之前這段時間，我臨時抱佛腳開始看心理諮詢的書。這次的事件跟以往不同，下一步誰會出什麼招，無法單純用邏輯來預測。

所以我想學學無法預測的心理變化，譬如突然退至遙遠的過往，純粹的悲傷與狂喜之間的急速轉變，人心瞬間改變的強烈種種諸如此類不可思議的事。我覺得有必要去適應一下這些東西。

雖然我的直覺還不賴，但是所謂的預測，總是活生生背叛現實。現實世界就在眼前時，讀這些書還真是空虛。不過就算如此，我還是一天看兩本心理學入門書。

在冷氣不強的四疊半房間裡，我一直聽著奧本・伯格⓭的歌劇《伍採克》（*Wozzeck*）。這個由真人真事改編的故事情節很悲慘，一名貧困的士兵伍採克在軍隊中被欺負，導致精神失衡，幻想妻子瑪麗和軍樂隊的男人有一腿。最後他用刀子刺死瑪麗，然後自己走進汙池裡溺斃。最後一幕是他們的小孩在玩木馬，壞小孩在一旁追著他說：「我要去看你媽媽的屍體。」真是無藥可救。

伍採克的心靈崩壞過程用十二音技法寫成，也就是最後破壞西方古典樂歷史的無調歌劇表現，實屬素材、技法都沒話說的天才傑作。從柴可夫斯基的〈弦樂小夜曲〉啟程，我的音樂之旅挺漫長。你不妨也多聽些好音樂吧。

雖然不能說心靈會有多麼豐富，不過它既能成為聊天話題，當你有無法告人的悲傷時，音樂也一定會陪在你孤伶伶的身旁。

雖說藝術高貴，但也能單純撫慰你無聊的心。若有人自以為是地否認的話，只要把他一腳踢開就行了。

⓭ Alban Maria Johannes Berg, 1885-1935：奧地利作曲家，在世時與荀白克、魏本齊名。

自殺行動前一天，孝作打電話來。下午五點多，我一如往常地待在店裡，看著那些即將緩慢走向腐爛之路的水果。這個時間的客人不太多，我們水果行的主要顧客大多是搭末班電車的上班族。正當我努力搬著裝了西瓜的紙箱時，手機響了。

「阿誠嗎？我是孝作。我剛好經過你家附近，能不能見個面？」

非常開朗的聲音。我看了店後方的老媽一眼，最近我常把顧店的工作推給她，所以她有點不爽。

「嗯，不過時間不多，就三十分鐘。」

我們約在西口公園之後就掛掉電話。跟老媽報備有事要出去一下時，她一臉擔心地說：

「你最近還好吧？怎麼房裡老是傳出驚悚電影配樂，還到處堆著《自殺者的深層心理》、《憂鬱症最前線》之類的書。如果有什麼煩惱的話，記得跟我說。」

我笑著穿戴太陽眼鏡和帽子。如果沒有這些裝備的話，走到公園這幾分鐘就會中暑。最近東京的夏天具有謀殺力。

「沒事。我看起來像會自殺嗎？那些都是為了這次的事件才讀的。」

老媽深深嘆了一口氣。

「如果你國中的時候有這股衝勁就好了。還記不記得？你小學低年級時，被稱作神童呢！」

我完全不記得，接著非常開心地問：

「然後呢？」

「課本只要看一次，就完全背下來了。還有，汽車品牌、電視節目表你也都能背得滾瓜爛熟。沒想到長大之後，居然是這副德性。」

我前後繞圈按摩太陽穴。很想騰空給老媽一巴掌罵她神經，但最後我還是默默地捧著受創的心靈，朝西口公園走去。

❦

孝作已經坐在像是油田裡的油管一樣粗的公園椅子上等我。夜晚才正要揭開序幕，此時市中心的公園好比一場熱鬧祭典。

「阿誠，你來啦！」

說話的同時，在夕陽下展現開朗的笑容。我跟孝作還不熟，所以對這個臨時邀約有些驚訝。

「真難得，只有你一個人。找我什麼事呢？」

公園椅子上的孝作看起來有點浮躁。

「也沒什麼特別的事，因為剛好到這附近，所以想找你聊聊。對了，這個給你。」

他把一只Tower Records的黃色袋子拿給我。我看了一下袋子裡的東西，原來是貝多芬的《鋼琴奏鳴曲全集》，鋼琴家是威廉．肯普夫⓮，他就像個鄉下的音樂老師，是位樸實的演奏家。孝作說：

⓮ Wilhelm Kempff, 1895-1991：德國鋼琴演奏的傳統典範者，貝多芬和舒伯特的奏鳴曲是他最有名、擅長的表演曲目。

「家裡的這套全集是爸爸的遺物，我曾經每天從早聽到晚。阿誠你也喜歡古典音樂，對吧？這是那張唱片的CD版，你聽聽看囉。」

他有點害羞地望著遠方的大樓。從來沒有朋友送我貝多芬這類東西，看來周遭的人大部分都欠缺基本素養。

「謝謝，我會好好欣賞。不知道孝作的爸爸是怎樣的人？如果你不想說也沒關係。」

他臉上泛著紅光，彷彿擁有夕陽般燦爛的回憶。

「爸爸和我一樣軟弱膽怯，不過很溫柔。他在我小學五年級時自殺了，但是在那之前的回憶都是好的。雖然沒什麼錢，只能住在小小的員工宿舍裡，不過放假的時候，他都會待在家陪我玩。他不擅長與人相處交際，連去上班都很痛苦的樣子。星期天晚上他總是嘆著氣，聽著最後一首C小調奏鳴曲。」

我小聲地問：

「原因是什麼呢？」

孝作微笑。

「不知道。他跟我一樣個性陰鬱，在職場上好像被欺負吧。應該是跟大多數自殺的人一樣，患了急性憂鬱症吧。因為手段比較激烈。」

我什麼都沒說，不想問是用什麼手段。遠處有人在為吉他調音。孝作像是想起什麼有趣的事。

「他在關西某個地方臥軌自殺。我沒看到遺體。太平間裡有一塊白布蓋著一座小山似的肉塊，已經不成人形，那是我最後的印象。但我現在釋懷了。」

我不明白孝作的意思。

「我想爸爸一定受了很多苦。這世上的確存在著讓人無法活下去的痛苦。我沒辦法對俱樂部的另外兩個人說這些，我不覺得自殺絕對是罪惡。集體自殺的那些人，每個人都有難題，他們只是普通人。阿誠，你懂嗎？」

我想起白木院長說的心理諮詢潛力——與對方共同感受、接納、同理心——於是我默默地點頭。

「在基督教之前的古羅馬時期，某種特殊條件下的自殺是被認可的，某些城邦還會免費提供毒藥給申請者。」

所謂的歷史，還不就是異想天開的連續事件。我沒反駁孝作。我猜他每天面對尋求自殺的人，心裡累積了不少東西吧。

「我不太瞭解自殺的歷史。不過，不要給自己太大壓力，放鬆一點吧。」

孝作輕輕地點點頭說：

「有時候我會認為蜘蛛或許跟我們反自殺俱樂部一樣，瞭解想要自殺的人都是與社會脫節的受困者；只不過一方想把他們送到對岸，另一方則想把他們拉回此岸。雖然方向不同，實際上處理的事情卻相同。但是我最卑劣，我騙了所有付出生命的自殺者。」

我能共同感受理解的部分只到這裡，於是不小心啟動了往常的說教口吻。

「那又如何，我一點都不在乎。只要有人在身邊，就算什麼都不做，氣氛也完全不同。不是做了什麼豐功偉業，就代表有存在價值。卑劣也好、不足為道也好，甚至受困也好，人只要活著就有風，就有光，就能對周遭產生影響。起碼，有人覺得孝作卑劣，也有人仰賴孝作。你懂嗎？我們大家都卑劣，那又如何？」

我沉醉在自己的話裡，最後差點補上一句「所以你要活下去」，但是我想應該不用特別激勵他、為他打氣吧。

「謝謝。阿誠果然很貼心，今天很開心跟你聊這麼多。」

孝作搔搔頭笑了笑。我時常想起當時那張溫和滿足的笑臉。

一顆心即將逆流而去。沒能阻止孝作漸漸與生存逆向的心，我徒留無限惋惜。

⚜

星期五晚上十一點的六本木，宛如奧運的夜間開幕典禮，全世界的人都聚集在這裡，徘徊於狹小的人行道上。身為主辦國的日本，人數反而比較少。

天空的朋友借來一輛美國製的廂型休旅車，車身超過兩公尺，坐了六個大人還很寬敞。我們把MARCH停在休旅車迴旋向上行駛的立體停車場前。阿英一邊用布擦拭特製警棍的前端，一邊說：

「選在二十四小時的立體停車場，真是考慮周詳。這樣一來，明天一定會被管理員發現，不用擔心遺體發臭。加上又在市中心，可以一邊欣賞六本木的夜景，一邊向人生道別。」

瑞佳確認了手錶的時間。

「孝作一聯絡，就馬上突襲。這次對方有三個男生，所以必要的話，阿誠也得幫忙。」

我一點頭，阿英就說：

「對付那些傢伙，我一個人就綽綽有餘。」

把預備的特製警棍拿給我，這個肌肉男微笑著說：

「沒辦法空手擊破玻璃車窗吧。別怕，沒有要你拿這根敲醒那些傢伙的腦袋。」

說的也是，一氧化碳中毒是急性的，為了盡早讓新鮮空氣灌進去，不容許把時間浪費在猶豫該使用哪種工具。我握住沉甸甸的特製警棍上的橡膠握把。

車子外頭，外國人和想要變成外國人的日本女人川流不息。接下來就只有等待了。

⚜

十二點、十二點半、一點，怎麼等都等不到孝作打電話來。我們聽著無聊的深夜廣播節目等著。最早有反應的是阿英，當時MARCH數位時鐘顯示的時間是一點半。

「奇怪，孝作說的執行時間，不是在凌晨的交替點嗎？為什麼晚了九十分鐘？」

我也有同樣的疑惑。即使在冷氣很強的車內，帶著不祥預感的汗水還是一直冒出來。我對瑞佳說：

「我們把車開進立體停車場觀察一下狀況吧。晚了這麼久，感覺非常不好。」

我話還沒說完，瑞佳就用力踩下油門，導致輪胎嘰嘰叫，MARCH車身前方還撞上取票台。BMW敞篷跑車裡的有錢小伙子大聲喧鬧，不過被阿英一瞪，就安靜下來了。

MARCH緩緩駛入立體停車場。二、三樓幾乎全滿，在大燈照耀之下，全是如墓碑般整齊停放的車子。其中好像有人把這兒當旅館似的，車身搖晃震動。

繞上四樓時，和一輛從樓上開下來的福斯擦身而過，是金屬黑的新款GOLF，車窗貼滿了違法的隔熱紙。彼此差點擦撞到保險桿，但GOLF的司機什麼都沒說，絲毫不打算減速地順著下坡道開走。

MARCH氣喘吁吁地爬上陡坡，抵達連週五狂歡夜都顯得空蕩蕩的四、五樓，卻仍然沒發現孝作他們的銀色雪佛蘭。我對瑞佳大叫：

「這裡有幾層樓？」

「七層。」

「那去頂樓吧。」

人類是個奇怪的生物，就連臨死前都無法抗拒所謂的幸運號碼。

⚜

到了頂樓，果真沒幾輛車停在這裡，無數根水泥柱矗立著。MARCH緩緩繞了一圈。在東邊角落，剛好可以望見遠方六本木之丘的發光塔樓那裡，靜靜地停著一輛銀色廂型休旅車。

對我而言，那幅景象歪斜得極不真實。我並不清楚原因，但確實覺得那不是一個有人生存的空間，像是用令人害怕的先進科技畫出的噴槍畫一般，街燈豪氣地灑在銀色車身上。阿英大叫：

「不好了，馬上停車！」

車子還在行駛，我跟阿英打開門滾出車外。過了午夜，暑氣依舊跟白天沒兩樣。彷彿在夏天的海洋裡游泳般，怎麼樣都無法縮短與休旅車之間的距離，

一切的移動都像是慢動作。我們一邊鬼吼鬼叫，一邊奔向雪佛蘭，完全不容許一點猶豫。早一步靠

近車子的我用特製警棍打破駕駛座的車窗。

比起在雜司谷那次，這回的木炭味強烈多了。我摀著鼻子，再敲破另一片車窗，然後對著一張熟悉的臉孔大叫。那是朋友透著清澈粉紅色的笑臉。

「孝作！」

我把手貼在他的脖子上，因為木炭的熱度，身體還是溫的。我找不到頸動脈，這也難怪，因為孝作的心臟已經停止跳動了。但他看起來卻和生前沒有差別。

「孝作！孝作！」

阿英和瑞佳像是要把我撞開一樣衝過來，搖晃著靠在座椅上微笑的孝作。我環視車內，副駕駛座是超脫，第二排是孝作和藍夾克男，第三排是哥德蘿莉女和素顏女，大家都像洋娃娃般安靜。車子裡感受不到一絲生氣。

駕駛座上沒有人，但是散發的空虛感讓我升起一股有人生還的強烈感覺。逃走的是那個開襟襯衫男，目標鎖定。雖然知道已經於事無補，我還是說：

「馬上叫救護車，我們也趕快離開這裡吧。」

瑞佳的淚珠大顆大顆地滾落，她摸著孝作那頭具有光澤的黑髮。

「我們的俱樂部沒了。」

我朝駕駛座的頭靠墊打了一拳。

「妳說什麼？在這裡喊停的話，不就讓蜘蛛給跑了？他一定還會繼續結網獵捕下個獵物，孝作這個仇不報行嗎？」

有人吼了一聲。阿英用特製警棍朝雪佛蘭引擎蓋亂敲一通，敲破前車燈、踢飛引擎面板、扯下後照鏡。我對悲傷、生氣、發狂的阿英說：

「別留下證據。你還想揪出蜘蛛吧？」

他瞪著我，一副要把我置於死地的樣子，然後才點點頭。疲憊不堪的我們回到車上，把一具夥伴的屍體留在現場。最後，我看了一眼休旅車對面那一大幅六本木的夜景以及那座五十四層樓的夢想之塔。那片光影我至今仍然無法忘懷。為什麼最壞時刻的影像，總是如此鮮明？

通報十分鐘之後，幾輛救護車和警車開上立體停車場，車子大燈就像不時射向夜空的探照燈一樣刺眼。集體自殺的消息立刻在夜遊者之間傳開，因此附近擠了一群看熱鬧的人。我們在稍遠的地方看著這場騷動。就算多少瞭解來龍去脈，也無法前去協助，再也幫不上孝作的忙。

雖然認識他不久，卻覺得自己多少也算是被自殺者拋下的人，胸中溢滿了無法彌補的遺憾、遭背叛的心情和後悔等感受。如果在西口公園見面那天，我狠狠揍他幾拳的話，或許他就不會這麼做了。從他那張開朗的笑臉，為什麼我無法預測到這樣的結果？從他送我的貝多芬遺物，為什麼我還不懂呢？我真是大蠢蛋、大白痴。我對孝作見死不救。

阿英坐在護欄上淡淡地說：

「他們一定是按照約定時間集體自殺的。孝作為什麼沒通知我們？」

瑞佳出神地說：

「或許他已經做好準備了。他兩天前來找過我。」

我抬起頭問：

「大家收到什麼樣的禮物？」

阿英語帶壓抑地說：

「是我以前就說喜歡的OAKLY太陽眼鏡。就是這個。」

他摸著掛在無袖背心胸前的太陽眼鏡。

「孝作說他要去買台新的，所以給我他之前用的iPod。阿誠，你呢？」

我突然好想哭。眼淚在眼眶打轉，我努力不讓它掉落。

「貝多芬的《鋼琴奏鳴曲全集》。」

他給了我一份沉重的禮物，之後無論在哪裡聽到那張鋼琴奏鳴曲的其中一首，我都會想起孝作吧。

「對了，我們不是一直盯著出入那座立體停車場的人和車子嗎？蜘蛛應該是在四樓陡坡會車時的那輛黑色GOLF裡。因為其他的車子都還在現場，把車子開走的駕駛人臉孔也一一確認過了。」

阿英咬著嘴唇。

「嗯，要是當時知道的話，我一定會殺了他。」

我說：

「那個時候，我想他人應該在休旅車旁吧。蜘蛛應該親眼目送了所有人迎接最後一刻。」

我想像一個男人站在半夜的停車場裡，看著五個人在睡眠中，從這個世界滑向另一個世界。由於太暗，所以看不到他的臉。他到底有何目的、想法？有幾個警察鑽過黃色警戒線走出來。

「瑞佳，不要哭，警察會過來。我們走吧，明天還想繼續追蹤蜘蛛的話，今天晚上就得好好休息。」

我們裝出一副打算續攤的樣子，晃回車子裡。我似乎習慣把自己做不到的事，一派輕鬆地告訴別人。

回家之後根本睡不著。每當正要入睡，孝作的白色肌膚、六本木的夜景就會浮現。半夢半醒之間，我看到一幅極度悲傷、鮮明的景象：我切斷了一條通往安穩長眠世界的蜘蛛絲。

不眠的蜘蛛吐出的細絲。蜘蛛現在正安靜地睡覺，或是沒有任何休息、努力尋找下一個獵物呢？無論如何，我的確被蜘蛛網困住了。

只要我在這世上一天，這說不定就是一條絕對無法切斷的細絲。

⚜

隔天一整天，店裡不停播放〈第三十二號鋼琴奏鳴曲〉⓯。只有一個人的盛夏葬禮，第二樂章的微風，其中的顫音宛如閃閃發光的粉末，讓我好幾次差點哭出來。我從來沒有如此陰鬱，所以老媽什麼都沒說。瑞佳打電話給我的時候，大概是日落時分。

「我跟白木院長約好了，你能不能陪我去一趟？」

她的語調低沉，我想我的聽起來也差不多吧。

「好。」

她到店門口來接我，厲害的老媽似乎看出一些苗頭，沒多開玩笑。瑞佳哭腫著一張臉。

夏日天空好不容易進入一天的尾聲時，我們抵達了下落合的白木醫院。特地錯開最後一位病患，才讓我們進大廳。薰衣草，還有其他的香味，好像確實有放鬆的效果。在這個度假旅館般的室內，我覺得肩上的負擔似乎稍微卸下了一些。

我們坐在上次那張沙發，看起來有點疲累的院長朝我們走來。一套剪裁簡單的米白色褲裝，可能是JIL SANDER或THEORY吧，非常適合她。這位女醫生到底有幾套亮色系的套裝呢？

「我聽說孝作的事了，真的很遺憾。不過，瑞佳妳可別自責。誰都沒料到會這樣，雖然讓人難過，但那畢竟是孝作自己做的決定。」

瑞佳聽到院長最後說的那句話而哭出來。

「我沒想到孝作會自殺，是因為我們讓他擔任那麼艱難辛苦的臥底嗎？現在想想，孝作本來就不是那麼堅強的人……」

斗大的淚珠一顆顆掉落，瑞佳仍然抬著頭。

「別再想無法改變的事了，雖然很心痛，也只能接受它。不要再自責或遷怒於其他事物了。」

院長的臉上再次浮現那個微笑，離這個世界好遠的微笑。

「最後見到孝作的時候，他非常開朗，還分別送禮物給我們三個人。我完全無法想像他要自殺。」

就算坐在柔軟的沙發上，白木院長的背脊依舊挺直，保持一貫的微笑。

「說起來，孝作總是比較抑鬱，如果突然變得開朗的話，或許就是前兆也說不定。打算自殺的人在

---

⑮ Piano Sonata No. 32 in C minor, Op. 111，貝多芬生平創作的最後一首鋼琴奏鳴曲。

自殺之前，生活有可能會變得規律，或是整理周遭的事物。不過，任誰也沒辦法預測。我們只能在一切結束之後，思考當初那些動作背後的涵義罷了。」

即使如此，我還是有事情想不透。

「這次集體自殺的第一次聚會，孝作和蜘蛛談話之後就變得怪怪的。那傢伙有沒有可能施了什麼催眠術，或是讓抑鬱惡化的逆向諮詢？」

美女醫生臉上的笑容稍稍張大了一丁點。對我而言，那就像是她的心門稍微打開了，但門裡還掛著一條門鍊。真是防衛堅固的醫生。

「那麼那個人或許跟阿誠很像，面對初次見面的孝作，就能挖出他內心深處的心事，讓沉睡中的衝動付諸實現。但是再怎麼說，最後決定的是孝作自己。催眠這個想法很有趣，但是那種暗示不可能讓一個人自殺。區區一門催眠術，無法扭曲我們生存的本能。」

瑞佳自言自語地說：

「生存的本能……所以在孝作內心的某處從以前就有自殺的念頭了？」

我看了瑞佳的右手手腕，有許多如塑膠般發光的白色割腕傷疤。然後再看看院長的手腕，一道傷痕都沒有。

「自殺的決心強烈是一般的說法。其實在嘗試自殺者的內心裡，有一股求生存的意志，以及痛苦得想要結束一切的意念，兩者相互糾結、抗衡。如果還有第三種情緒的話，孝作或許還能活著，畢竟只需要用手機跟阿英聯絡就好了。」

玻璃窗的另一側，沐浴在燈光下的椰子樹矗立在夜空裡。視線究竟投向明亮的椰子樹或是黑暗的夜空？我們眼前的事物其實是一樣的，只不過關注的焦點有所不同罷了。當下我明白了，或許在心理學層面很複雜，不過我突然瞭解蜘蛛對孝作所做的。

「也就是說蜘蛛放孝作自由了，所以他才會變得那麼開朗。」

瑞佳用不可置信的眼神看著我，臉上泛起怒意。

「蜘蛛那傢伙消除了孝作對自殺的罪惡感——接受並體諒你最愛的爸爸吧，自殺只是一個出口，無所謂好壞；你跟爸爸一樣的話，就不用再受苦了；你不想好好睡一覺嗎？」

我可以想像蜘蛛對孝作露出溫柔的微笑，喃喃吐出惡魔的話語。白木院長看著我的臉，眼神非常認真。

「阿誠果然非常適合這一行。想不想好好讀一讀心理學？」

我搖搖頭。怎麼可能？絕不從事責任這麼重大的工作！還是賣賣切半的西瓜、偶爾解決小混混的糾紛就好。

⚜

回程的路上我們始終保持沉默，車裡冷漠靜謐得彷彿不需要開冷氣。在池袋高架橋壅塞的車陣中，瑞佳盯著擋風玻璃，突然間開口說：

「我現在好想做愛。阿誠，我們直接去西口的旅館街瘋狂做愛到天亮，好不好？」

晚餐吃義大利菜吧，瑞佳用類似這樣的輕鬆語調提議，臉色絲毫沒改變。平常的話，這種邀約一定讓我腿軟且心動不已，不過這時情況不同。

「別說了，我不是妳的刀片。」

瑞佳不可思議地看著我。

「我不想成為讓妳用來忘記痛苦、傷害自己的道具。割腕和不愛的人做愛，兩者的道理是一樣的吧。等到哪一天，妳能完全接受孝作這件事的時候，再約我吧。到時候就算有什麼大事，我都會推掉，一定飛奔去見妳。」

前方十字路口是紅燈。瑞佳睜大眼睛盯著我，拉起手煞車，抱住我的胸放聲哭了三十秒。

星期一我們再度聚在藝術劇場的咖啡廳裡。沒了孝作，反自殺俱樂部只剩三個人。我問阿英：

「這幾天你做了什麼？」

阿英舉起冰咖啡的玻璃杯，皺著臉。

「跟那時我老爸的事一樣。這兩天我從早到晚拚命練肌肉，雖然沒有仔細計算，不過加起來大概舉了一百噸左右吧，現在肌肉超痠痛。」

不管發生什麼事，這個男生都會鍛鍊身體吧。只要肌肉訓練分量別過多，身體不要缺氧就好。

「那麼接下來該怎麼辦？」

為了掩飾腫脹的雙眼，瑞佳戴著太陽眼鏡。阿英則是戴著和孝作送的那副顏色不同的OAKLY。

「我想報孝作這個仇，不管用什麼方法。」

我看了阿英和瑞佳一眼，他們兩個好像都還沒從孝作這件事站起來。我說話了：

「必須再次臥底才行。蜘蛛不知道我們三個人的長相，這次絕對不能讓他跑掉。」

瑞佳馬上舉起戴了腕帶的右手。

「那我來當臥底。只要秀出這隻手，沒人會懷疑吧？」

話是沒錯，不過我反對。

「不行，我來當臥底。妳現在的情緒太不穩定，很危險。我們還不知道蜘蛛究竟是善意，或是抱持了什麼信念，不過他所謂『自殺是理所當然的權利』，很容易將迷惑的人引導到自殺的路上。我們三人之中，情緒最穩定的是我。」

想要解救別人，結果自己卻一去不返，孝作的悲劇就是這麼發生的。生與死的拔河比賽，就該由我這種粗線條的快樂主義者代表出賽，非我莫屬。阿英也難得坦率。

「你說的沒錯。姑且不論力氣，就連我也不適合跟蜘蛛打交道，也有點危險。」

因此，瑞佳和阿英教我許多關於自殺留言板的知識。真是絕望的一堂課，前提是世上有這門課的話。

⚜

回到房間之後我立刻上網。今天的SUI-SUI-SUICIDE一樣是飄著蓮花花瓣的明亮首頁，我直接跳到自殺留言板，上週五起有兩個人在這裡召集自殺新血。集體自殺的夏天，召集人似乎不多。

第一位的網路暱稱是DARK PRINCE，留言如下：

盡情享受最終歡愉之後，再一起前往對岸吧。輕鬆、漂亮、沒有痛楚，是我們的座右銘。

原來如此，還得加些推銷字句。與其說是號召集體自殺的文案，倒是比較像永久除毛的廣告。第二位的網路暱稱是夏晨，聽起來真像小學生的文章集結成冊裡面會出現的名字。

以晴朗夏日早晨般的清爽心情，迎接最後一刻。你已經充分活過了，也受夠許多苦了，自由解放的破曉曙光即將到來。一封EMAIL就是通往解脫旅程的車票。

這篇也寫得有條有理。我在螢幕前想了一下，以同樣格式的信件寄給兩位召集人。雖然有點不好意思公開信件，不過內容如下：

我從工業高中一年級開始，就一直把自己關在房裡。身為一個高中輟學生，既沒有工作，外面的世界又那麼可怕。我已經受夠這個世界了，希望有人陪我一起踏上旅程。

猶豫了一會兒，決定把暱稱取為肯普夫。反正大概不會有人知道這個名字，而且我想幫孝作報仇。

DARK PRINCE隔天馬上回我一封信，表明歡迎之意，不過卻要我寄一張照片給他。沒辦法，我只好用數位相機拍了一張寄過去。我不懂他的意思，難道只想跟喜歡的臉孔一起死嗎？

再隔一天才收到夏晨的信，是封很有禮貌的紳士文章。大意是通信幾次之後會辦個聚會，這麼做是因為彼此之間的溝通和個性合拍與否很重要。

我和瑞佳、阿英保持聯絡，同時每天都會上網檢視自殺留言板是否有新留言，並且到處瀏覽自殺網站。沒有比這還費力的工作了，每天在BBS上大量閱讀另一個世界的訊息，實在讓人筋疲力盡，也讓我非常尊敬孝作。煩惱、憎恨、不適應變成了數千行文字，在液晶螢幕上一覽無遺。

如果你想逛一逛心靈的地獄，可以試試看。不過，那可真的會讓人想死。

* * *

那個禮拜三，DARK PRINCE約我參加聚會。他問我要不要在週六碰面，地點在大井町的卡拉OK。我雖然答應了，但沒讓阿英和瑞佳在店門口埋伏，怕他們因為孝作事件而擔心。

穿越隧道，走向極少過去的另一頭，大井町是處在東京的時間之流裡被遺忘十五年左右的老街。我走進車站前某間連鎖卡拉OK店，坐在櫃檯旁的沙發上。約定的時間是下午四點。

準時站在我面前的是一個穿著印有第一代機動戰士圖案的T恤、戴著眼鏡的小個頭。

「我想，你的目的也是這個吧？」

他翹起一根形狀奇怪的小拇指，露出別有居心的笑容。

「今天選的女生都很可愛喔！我找了兩個女生來，我們要拉起共同作戰陣線。反正都要死了，先嘿咻也無妨吧。」

這個外表看起來懦弱的傢伙，居然把自殺留言板當作交友網站。這點子雖然不錯，但可見不是我要找的。

「你一個人加油吧。雖然我不知道是什麼樣的女生會來，不過請你好好表現，讓她們覺得活著開心多了。」

我把包包斜背的小個頭DARK PRINCE留在原地，走出卡拉ＯＫ。

⚜

回大井町車站的路上，我和阿英、瑞佳碰頭。告訴他們交友網站的事之後，瑞佳心煩地說：

「現在不管哪一類的網站，都有男生把它當作交友園地，他們難道沒別的事可做嗎？」

我苦笑著回答：

「譬如鍛鍊肌肉嗎？」

阿英非常認真地點頭。

「是啊，大家都去練肌肉吧。這麼一來，自殺、交友網站一定冷清多了。」

說不定阿英說得對。我明天也來舉舉槓鈴好了。

⚜

倒楣的日子總算有些補償，那天一回家就收到夏晨的聚會邀約。下週六晚上，地點在新宿三丁目的某間包廂酒吧，成員包括我和主辦者一共五個人。於是我馬上打電話給瑞佳。

希望這一次蜘蛛能現身，因為我已經快受不了自殺網站的巡邏工作了。

⚜

我想了幾個參加聚會時的性格設定，最後決定以真實面貌示人，也就是一個彆扭、冷嘲熱諷、笨頭笨腦的討厭傢伙。這樣的話，我只要比平常HIGH一點就可以了。

最近東京流行包廂風（什麼東西都加上「風」也是潮流之一），據說其中不乏內設沙發床、淋浴間的包廂餐廳。說不定是江戶時代的茶屋⓰復活了，全部都在一個空間裡解決，方便得很。不過，週六的那間包廂酒吧不會太奇怪，桌子沿著牆壁整齊排列，彼此之間用白木隔間。薄薄的簾子完全透明，並沒

⓰江戶時代茶屋裡聚集的都是達官顯要，一般平民百姓有錢也不一定進得去，必須有人引薦。

那麼具隱密性。這家店位於滿是餐飲店的小型綜合商業大樓的八樓。服務生帶我到預約的包廂，我撥開簾子。

「唉呀，你就是肯普夫嗎？以鋼琴家當作暱稱的那位？那麼威廉和佛萊迪⑰這兩位，你是採用誰的名字呢？」

一個瘦到不行、正在用汽水調威士忌的男生跟我說話。米色麻質夾克外套配上黑色襯衫，裝模作樣的男生。雖然頭髮是淺咖啡色，但騙不了人，他就是那天在六本木咖啡廳裡穿開襟襯衫的那個人，從充滿死亡氣味的休旅車逃走的人，也就是在網路自殺留言板結網的蜘蛛。

「你真瞭解。有個朋友最近送我ＣＤ，是威廉．肯普夫的。」

蜘蛛說了「這樣啊」，無邪地對我微笑，看起來沒有任何惡意。我想起彆扭的個性。

「我看了EMAIL，還是安眠藥和木炭這個方法最輕鬆嗎？」

蜘蛛依舊微笑著說：

「嗯，沒錯。這幾年來，這個方法已經成了標準典範。沒什麼現實上的問題，不太花工夫、費用，沒什麼痛苦，輕鬆得很。」

只差臨門一腳。我一臉不服氣地說：

「不過，如果在一氧化碳中毒前醒來的話，就會頭痛、嘔吐，並且進入錯亂狀態，不是嗎？我可不想在一堆嘔吐物當中死去。有沒有絕對不會醒來的安眠藥組合？」

蜘蛛自信滿滿地點點頭。

「當然有，就是以蘇眠特和葡羅萬寧。」

BINGO！此時，另一個報名的人撥開簾子走進來，是頗具姿色的三十多歲女人。接著其他尋求自殺的人也陸續到齊。請好好享受吧，兩個半小時的懺悔大會即將展開。

⚜

把當時談話的內容寫出來似乎不太公平，畢竟大家都還活著。我只能說人類是一種為了各式各樣的瑣碎理由就想死的生物。

新買的鞋子不合腳，導致腳長繭，痛得受不了——再怎麼努力都只聽到這種程度的理由。我想起那位美女院長，所以拚命地試著共同感受、理解、接納。如果不這麼做的話，真會讓人火冒三丈。

輪到我的時候，沒說任何關於煩惱的事。我表明無論誰怎麼問都絕對不說的立場，只說自己為了拋開痛苦，一心一意想死。蜘蛛笑著說：

「你的堅毅決心真有趣，而且平衡得真棒，似乎不用馬上死也沒關係的感覺。」

我打了個寒顫，不過那好像是他的玩笑話。蜘蛛說：

「那麼，我想在大家最近都方便的那一天，就去借車。大家可以把ＯＫ的日子列出來嗎？」

真像在計畫暑假旅遊行程，不知為何，現場每個人都很HIGH。我無視於爭先告知行程的男女說：

「我去一下廁所。」

---

⑰ Freddy Kempf：一九七七年出生的英國鋼琴家，父親是德國人，母親是日本人。

走進男女共用的狹窄廁所，我拿出手機。一開始接起電話的是瑞佳。

「你那邊的狀況如何？阿誠不會想自殺吧？」

或許是為了遮掩如廁的聲音，廁所裡播放著音量不小的輕爵士，我放大說話的聲音。

「好得很。我跟瑞佳什麼都還沒做，怎麼會死？蜘蛛在這裡，幫我把電話轉給阿英。」

練肌肉練到上癮的健美先生出現了。

「現在正在安排下一次的集體自殺時間，不只這裡，說不定還有其他進行中的計畫。今晚就出動解決，不能再拖。」

阿英那邊傳來金屬磨擦聲，應該是來自於他拿手的特製警棍吧。

「那我該做什麼？」

「走出這間酒吧才能一決勝負。我會上前去跟蜘蛛說話並把其他人支開，然後我們當場制伏他。」

阿英的聲音突然變得冷淡。

「把他控制住了又如何？」

關於這點我已經思考很久了。

「有一個罪名叫做協助自殺罪，蒐集證據交給警察就行了。如果可以的話，我想找出他住的地方，應該能搜出違法的安眠藥。」

阿英低聲說：

「也好，一次解決，到時讓我徒手揍個痛快。」

我懷疑蜘蛛的頭蓋骨是否承受得了？於是我說：

「避開頭部，揍他肚子吧。」

⚜

回到包廂，大家已經決定時間在下週。我說只要能早點執行，什麼時候都不介意，表明贊同蜘蛛的決定。其他三個人喝得很開心，只有蜘蛛的樣子不同，極為冷靜地觀察大家。當然，他全程一直保持微笑，不會給人冷酷的印象。當我們四目交接時，他露出一個非常深奧的笑容。雖然我不認為他喜歡的是男生，但畢竟這裡是新宿三丁目，緊鄰的就是日本最大的同性戀街。

⚜

晚上十一點離開酒吧。明明約定下禮拜一起自殺，嘴裡卻說著「快趕不上電車了」、「下次見面前要好好照顧自己」等告別的寒暄話，跟上班族喝完酒時說的沒兩樣。就連結帳也是各付各的，算得很清楚。真是諷刺的幽默。

由於是廉價的綜合商業大樓，所以逃生梯設在大樓外，那裡堆滿了啤酒箱和裝著小菜的瓦楞紙箱。

其中一個男生（四十多歲，胃好像不太好）按著電梯開門的按鈕，開心地大叫：

「大家回家睡覺吧！看來今天終於可以不用吃藥就能睡著。」

我正在計算最佳的時機，蜘蛛就說：

「肯普夫，我有話跟你說。不好意思，大家可以先離開嗎？」

於是大家都先走了，我也進入備戰狀態。該不會這位溫柔蜘蛛已經發現反自殺俱樂部的行動了？他爬上幾階逃生梯，踮起腳看往上看，然後說：

「你可以過來一下嗎？」

我把重心降低以便活動，走上幾階滿是油汙的水泥樓梯。他靠在樓梯平台的扶手上，眺望新宿夜景，這處遠比池袋明亮好幾倍的街道。

「我很欣賞你，這麼年輕就如此沉穩，剛剛跟另外三個人說話時也對答如流。肯普夫，我尊重你想死的決心，不過不知時間能否往後延一些？因為我希望你來幫我。」

蜘蛛想延攬我？原來找我做事的並不全是池袋的流氓。可是，我的職場適性怎麼都上不了檯面啊？脫離不了協助自殺、黑社會糾紛之類的。我明明是一個溫柔體貼的顧店小弟啊。

⚜

我正盤算著怎麼回話，一個黑影從樓梯上走下來，是一座小山般的倒三角形身影，右手的影子顯得較長，大概是因為拿著特製警棍吧。孝作送的太陽眼鏡垂掛在胸前。阿英說：

「到目前為止，你送了幾個自殺者到對岸？」

蜘蛛看著我，像是在發出求救訊號。我只是沉默聳肩。阿英接著說：

「你還記不記得兩星期前死於六本木的島岡孝作？他留著香菇頭，穿著粉紅色T恤。」

蜘蛛笑笑說：

「我記得，是一個因為爸爸自殺而深受傷害的年輕人。現在他應該見到爸爸了，如果有所謂的靈魂的話。怎麼了嗎？」

我真想毀了他臉上的笑容。

「你所計畫的集體自殺有好幾次受到阻撓，對吧？那是因為有孝作和我們一起深入險境，但他卻被你給殺了。」

蜘蛛邊笑邊搖頭。

「才不是，那是他自己的決定，無庸置疑。倒是你們想對我幹嘛？」

我朝阿英點點頭，他也點頭回應。我說：

「要你帶我們去你家，找出協助自殺的證據，然後交給警察。」

蜘蛛大笑，夜裡的熱風吹動劉海。

「沒想到一切這麼突然就落幕了。不過算了，在痛恨自殺的你們眼前，我照樣可以自殺。」

說話的同時，他輕飄飄地從扶手上轉身往下跳。

我站在樓梯平台下方兩三階，阿英則是和他站在同一層。他話還沒說完，阿英龐大的身軀也跟著行動。真是了不起的反應，不愧是每天舉重二十噸的人。

阿英的上半身伸出水泥扶手，單手捉住蜘蛛的外套衣領。蜘蛛笑著打算脫掉外套。我大叫：

「住手！」

轉眼之間，他已經從被揪住的外套掙脫出一隻手，接著穿著一件黑襯衫的蜘蛛墜落在綜合商業大樓之間的狹窄陰暗處。沒有任何哀鳴，只留下一抹淺笑。重擊水泥地面的聲音被車子的警報器聲響蓋過，幾乎沒有聽見。

蜘蛛或許如願自殺成功了吧。我不太欣賞他寫下的這個結局，雖然可能性微乎其微，還是希望他活著。怎麼說呢，畢竟我們是反自殺俱樂部嘛。

阿英說不出話，垂在空中的手抓著剪裁良好的麻質夾克外套。阿英想把手上那塊布料甩掉。

「等等，看一下裡面有什麼？」

我探了探外套口袋，隔著手帕用指尖拿出錢包和鑰匙串，有GOLF車鑰匙和房間鑰匙，錢包裡有駕照。蜘蛛的名字是三浦清司，三十四歲，住在港區西麻布二丁目，是六本木之丘附近的高級住宅區。我把外套往扶手外一丟，對阿英說：

「瑞佳在附近等，我們走吧。」

搭電梯下樓時，打電話叫了救護車，接下來只能祈禱蜘蛛好運了。雖然已經知道他的本名，不知為何卻不習慣那麼叫他。即使見過本人、有過交談，卻怎麼樣也不覺得他是一個實際存在的人。或許正因如此才有那麼多人願意把自己的生命交給他吧。他是住在這個世界和另一個世界交界處的居民。

黑色MARCH從新宿往西麻布方向移動。我們臉色蒼白地聊了剛才的事。雖然是半夜，但是工程施工造成塞車，我們開了三十分鐘以上才到目的地。

蜘蛛住的公寓蓋在充滿綠意、有如公園般的地方，還有方便住戶上下車時出入建築物的雨棚，非常高級。為了確認屋裡有沒有人，我們先在入口處保全面板上輸入房間號碼，試了好幾次都沒有回應，才拿出鑰匙開門。因為不想被別人聽到電梯聲，所以爬樓梯上三樓。三〇八號房在最後方。

打開門之後，鋪著白色大理石的玄關自動亮燈。阿英說：

「真有錢。」

三個人脫鞋進屋，穿過走廊進到裡面，伸手在牆壁上摸索，打開電燈。大約二十疊的客廳，左右牆壁設置了宛如珠寶店裡的玻璃展示櫃，櫃子裡整齊擺放著銀飾和公仔，就像美術館一樣。不過，現場有個遠比這些東西更強烈的存在，第一個注意到的是瑞佳。

「你們聞一聞這股味道，阿誠……該不會是……」

這裡飄散的味道和白木醫院的大廳一樣：混合四種精油的院長獨家配方。房間角落有一張古董書桌，我翻了一下抽屜，發現許多裝著白色藥丸的小塑膠袋，這些就是以蘇眠特和葡羅萬寧吧。

從老舊名片簿裡找到線索的也是瑞佳。那是一張亮粉紅色的白木醫院掛號證，上面清楚印著蜘蛛的名字。我說：

「看來今晚還長得很。瑞佳，打電話給院長，跟她說有急事。」

瑞佳似乎大受驚嚇，連手機都沒辦法好好打。我雖然表面裝出一副很平靜的模樣，其實內心跟她一樣。阿英的一句話道盡一切。

「真不敢相信支持我們的人，居然和蜘蛛有關係。」

為了印證這句話，我們從西麻布出發前往下落合。這段三十分鐘的車程，誰都沒有開口說話。

一路上我拚命思考著白木院長和蜘蛛的關係，但是無論我怎麼想，她都不可能是清白的。

⚜

院長住在白木醫院的後方。我們抵達椰子樹前已經半夜一點多了，因此不是從醫院大廳進去，而是由院長幫我們打開側門進入。這裡飄散著那股熟悉的香味，不久前才在蜘蛛房裡聞到、具有鎮靜效果的香氣。

院長大概才剛洗完澡，她穿著及膝家居洋裝出來迎接我們，臉上依舊是那不為所動的微笑。我想起笑著墜落於大樓之間的蜘蛛。

「辛苦你們了，這麼晚還忙著俱樂部的事。我房間很亂，請你們先到大廳等我，我泡個茶就過去。」

我們朝著電燈只亮一半的大廳走去，不知為何，夜晚的盆栽看起來好寂寥。這裡也聞得到薰衣草香。

白木院長泡了香草茶，玫瑰花瓣漂在玻璃杯裡。院長坐在我的正對面。不想說出口的話，不得不由我來說，真是吃力不討好。

「今天晚上，自殺網站的蜘蛛跳樓自殺了，就在我們面前，地點是新宿三丁目的綜合商業大樓。」

白木院長臉上的微笑蒙上一抹陰霾，感覺像是想起什麼雜事的樣子。

「依據蜘蛛身上的物品，我們找到他的住處，在西麻布二丁目。我們就是從那裡過來的。」

美女醫生的表情不變，彷彿是刻在木製面具上的悲傷微笑，因為沒有其他的表情，所以只能微笑的臉。

「蜘蛛房間的味道和這裡一樣，就是白木院長引以為傲、混合四種精油的獨家配方。」

院長的表情仍舊沒變。我把粉紅色的掛號證和裝在小塑膠袋裡的安眠藥攤在中間桌上。

「一開始我就納悶，蜘蛛到底從哪裡弄來大量的安眠藥？應該是跟醫療相關行業的人關係很好吧？如果是白木院長的話，無論是安眠藥的組合或如何面對想要自殺的人等等，都能教給蜘蛛。我能瞭解你們的配合方式，但有一點我百思不得其解。」

此時，瑞佳和我異口同聲說出：

「為什麼？」

我緊接著說：

「為什麼一方面幫助蜘蛛謀殺那麼多意圖自殺的人，另一方面又支持反自殺俱樂部呢？難道妳把人命當作遊戲，玩弄於股掌之間？」

美女醫生第一次露出像個人類的表情。她一邊整理裙襬，一邊困惑地微笑。

「其實我也不懂。自殺不是好事也不是壞事，或許只是像雲和雨一樣，單純地存在著罷了。我的病患之中有幾個人自殺了，那種震驚每次都讓我久久不能平復，好像內心的一部分也跟著死掉了。既然這麼痛苦，不如我也死了吧；但是又想再撐一下，想幫助更多病患。這兩種情緒不知何時開始在內心不斷衝擊。」

我們三人坐在宛如度假飯店般的心療內科大廳，沉默地聽院長說話。

「三浦從一開始就是個尋死意志非常強烈的病患，我想不用多久這個人就會自殺吧，每天我都悲傷得想要大叫。有一天，我問他如果能把自殺往後延的話，他最想做什麼？他說希望能撫慰跟自己一樣痛苦的人，幫助他們沒有苦痛地前往另一個世界。這樣的話，在這段時間內他就能忍住不自殺。這就是事情的開端。」

自殺網站的蜘蛛於是誕生了。院長再次展現堅強的微笑。

「但是，後來在自殺遺孤聚會的演講場合上，我遇到了瑞佳、阿英、孝作。站在我的立場，很難拒絕他們的請求。真是不可思議，三浦籌劃集體自殺，這三個人負責阻止，我居然支持矛盾的兩方。但是這一個半月之間，我的精神狀況卻是當醫生以來最安定的時候。」

內心深處的衝突對立在外界獲得體現，我可以想像那種平靜的感覺。院長眼眶泛淚，微笑著說：

「不過快要結束了。你們已經知道所有的事情，三浦也去了另一個世界，我差不多也該畫下句點了。」

她的眼神閃著沉穩的光芒，看著我們。我發現不妙，這和孝作那天在西口公園看我的眼神一模一樣。白木院長的右手伸進灰色家居服的口袋，接著手裡就握著水果刀了。她去廚房泡香草茶，就是為了拿水果刀吧。白木院長雙手舉起刀子，在我還無法動彈的瞬間，刺向自己的大腿。

接著她又刺得更深。我奪走濺滿鮮血的刀子，把它丟到沙發後面。為了確認傷口狀況，我把洋裝往上捲一點，竟看到上面有許多白色傷疤，跟瑞佳的手腕相同。為了稍微忘記活著的痛苦，白木院長在不會被看見的大腿上割出一道道傷痕。我把手邊的靠墊拿來，以全身的重量壓在噴血的傷口上，對瑞佳大叫：

「快叫救護車！」

然後對阿英叫：

「你也一起用力壓！」

靠墊的一半已經吸滿了血，我們兩人繼續將它壓在傷口上。我沒對死意堅決的女醫生說什麼，只在心裡嘀咕：怎麼痛苦、煩惱都好，只要願意表現出最不堪的一面，我相信一定有人可以給她勇氣。我們不都是這樣活下來的嗎？

直到聽見救護車聲的那七分鐘，這些話我在心裡重複了好幾次。那份心情到現在都還持續著，我真是單純。

⚜

夏天的早晨來臨，一切都結束了。

三浦清司最後沒有獲救，警察似乎把他當成不小心摔落的醉漢。諷刺的是，那麼渴望自殺的蜘蛛，他的墜樓卻被當作意外事件處理。

白木綾乃輸了兩公升的血之後，撿回一命。我們什麼都沒說，所以沒有人知道她和蜘蛛之間的關係。我覺得這樣就夠了。聽說她把醫院交給員工，自己暫時去靜養一陣子。我覺得她應該尋求諮詢，一個能夠與她共同感受、理解、接納的人。畢竟，人再怎麼聰明，也沒辦法客觀地檢視自己的內心，我們隨時都需要一面鏡子。

最後來聊聊阿英和瑞佳。只剩下兩個人的反自殺俱樂部，自然而然解散了。他們不再拘泥於死亡，轉而探求生存的意義。

阿英的體格健碩，他之前常去的那家健身房請他當健身教練，現在他在教大家如何避免運動傷害地練舉重。

瑞佳則是回到學校，重拾書本，打算考心理諮詢師證照。她希望將來有一天可以在白木醫院服務，我們約好到時候她要幫我做心理諮詢。

瑞佳說我那天竟然會拒絕這麼有魅力的女生，根據她的判斷，性創傷想必非常嚴重。這嚴重的性創傷就由瑞佳來幫我醫治吧，真讓人期待。

這個夏天看到許多屍體，我從中歸納出簡單的事實，將之列出如下：

一、比起死去的人，活著的人有魅力多了。

二、每個人都渴望將內心所想體現於外。

三、我們可以為了芝麻綠豆大的原因自殺，反之，也可以為了無聊透頂的理由活著。

透著些許涼意的微風吹拂，我坐在西口公園的椅子上。遠遠的高空中掛著像是畫筆描繪出來的薄雲。當瑞佳認真上課的同時，我卻一點也不想提升知性，只是張著嘴仰望池袋的天空，體會生命當下的自由與愜意。

這的確也是活著所帶來的喜悅之一。

石田衣良系列 7

反自殺俱樂部：池袋西口公園 5
反自殺クラブ　池袋ウエストゲートパーク5

作者　石田衣良（Ishida Ira）
譯者　林佩儀
總編輯　陳郁馨
主編　張立雯
協力編輯　鄭功杰
封面設計　白日設計
排版　極翔企業有限公司

社長　郭重興
發行人兼出版總監　曾大福
出版　木馬文化事業股份有限公司
發行　遠足文化事業股份有限公司
地址　231新北市新店區民權路108之4號8樓
電話　02-2218-1417　傳真　02-8667-1891
email: service@bookrep.com.tw
郵撥帳號　19588272　木馬文化事業股份有限公司
客服專線　0800221029
法律顧問　華洋國際專利商標事務所　蘇文生 律師
印刷　成陽印刷股份有限公司
二版1刷　2016年8月
定價　新台幣250元

ISBN 978-986-359-269-3

國家圖書館出版品預行編目(CIP)資料

反自殺俱樂部：池袋西口公園. 5 / 石田衣良著；林佩儀譯. -- 二版. -- 新北市：木馬文化, 2016.08
面；　公分. --（石田衣良系列；7）
譯自：反自殺クラブ：池袋ウエストゲートパーク. 5
ISBN 978-986-359-269-3

861.57　　105010825